宮野達四人に指示を出して警戒を
促そうとしたところで、直径二メー
トルほどまで
い
点が一気に拡
塗
りつぶした。

「ありがとうございます、お姉さま」

「ニーナちゃん、
クレープ食べる?」
家族で文化祭!

「宮野瑞樹！　君は僕と同じ『勇者』で、
あんな足手纏い達とは違う。君と僕が組めば、
こんなところすぐに攻略できるはずだ！」
「私にとっての最善は、私の仲間達と
行動することです。私にとって、
今の五人が最強のチームですから」
宮野は最後に再び軽く頭を下げると、
戸塚に背を向けて歩き出した。

最低ランクの冒険者、勇者少女を育てる 4

～俺って数合わせのおっさんじゃなかったか？～

農民ヤズー

HJ文庫
1090

口絵・本文イラスト　桑島黎音

LOWEST RANKED
ADVENTURER

ISING A
GIRL

プロローグ 文化祭開始

『勇者』とは、困ってる奴ら、死にかけてる奴らをまとめて全部救ってしまえるような、そんな存在だと思っている。……いや、そうであってほしいと願っている。

だってそうだろう? 世界がこんな状況になって、それでもみんなが安心して暮らせるようになる。そのための『勇者』なんだから。

怖い敵を倒してくれるすごい奴。正に、ヒーローみたいな存在。それが勇者だ。

それが身勝手な思いだとしても、単なる理想の押し付けなのだとしても、俺はそんな存在が勇者であって欲しいんだ。俺達は救われなかったけど、他にこんな思いをするものが一人でも減ればいいと、本気でそう思ったから。

だから宮野にはそんな勇者になってほしいと思っているし、それは浅田達に対してもそうだ。勇者ではないかもしれない。だが、誰かを助けられる存在になってほしい。もっとも、それは自分達の命を守ることを前提とした考えだが。

死んでしまっては、どんなに素晴らしいことも意味なんてないんだから。

そんな期待を持っているから、『勇者』としての功績を残すことができていない、『勇者』の役割から逃げている奴は、どうにも気に入らなかった。

自分は『勇者』だという立場だけを利用し、ただ世間を引っ掻きまわすだけの存在。俺はそれを『勇者』だとは認めない。

「『天雷の勇者』、宮野瑞樹。君に話があるんだ。僕と一緒に活動しないかい？」

出会い方が突然であれば、話の内容も突然だった。事前になんの連絡もなく、本当に突然そんな話を持ちかけられたのだ。

マナーもなにもあったものではない失礼な振る舞いではあるが、『勇者』から宮野へとそう言われた時、少し嬉しかったのだ。

これまで教えて来た者が横取りされる形になるが、それでも自分の教え子が『勇者』なんてすごい奴らに認められたことになるのだから、嬉しくないわけがない。たとえその『勇者』が、俺の嫌いな存在だったとしてもだ。

そして俺が嫌っているとしても『勇者』であることに変わりはない。もしかしたらそっちに行くかもしれないな、と思いもした。だが……

「申し訳ありませんが、お断りさせていただきます。私は伊上さんから学ぶのだと決めていますので」

現役の『勇者』からの誘いであるにもかかわらず、宮野ははっきりと断言した。

そんな宮野の言葉は、なんだか無性に嬉しかった。俺の考えが……『勇者』に対する理想に賛同が得られたような気がしたから。

「『勇者』とは平和や安心の象徴だ。人々の期待を裏切らないように、安心させるための役割を求められているのが『勇者』だ。ただ戦うだけの時代は終わったんだよ。人前に出てみんなの耳目を集め、希望となる。それが今の『勇者』の役割だ」

俺の願いや心の内なんかを無視して、目の前の『勇者』はそう話す。その姿は、俺が最も嫌いな存在そのものだ。『勇者』として敵を倒すことはなく、ただチヤホヤされているだけの、名ばかりの偽者。

それでも、こいつも特級。いくら俺が嫌っていようと、こいつも『勇者』と呼ばれるすごい奴らの一人なんだ。だからきっと、いつかはその名前に相応しい姿を見せてくれるだろう。そう期待していたのだ。だというのに……

「僕は……僕は、悪くないんだ。あいつらが相手でも、僕は戦うことができてたんだ！」

なんでそんな無様な姿を晒してんだよ。みんなの希望になるっていう役目はどうしたんだよ。お前は自分でそう言ってたじゃねえか。

「あいつらが邪魔だから……あいつらが情けないから僕はこんな目にあったんだ。僕は悪くない！　あいつらのせいだ！　あんな邪魔がいたから！」

守るべき存在を、導くべき人々を犠牲にしたってのに、謝るどころか自分は悪くないと自己弁護するだけ。

……なあ。お前、本当に『勇者』なのかよ。

「宮野瑞樹！　君は僕と同じ『勇者』で、あんな足手纏い達とは違う。君と僕が組めば、こんなところすぐに攻略できるはずだ。いや、そうに決まってる！　だから、さあ！　僕と手を組むんだ！」

こいつの言うように、この状況では勇者同士で協力するのが最善だ。

だがそれでも、宮野にはその手は取ってほしくなかった。その手を取れば、お前まで汚れてしまうような気がしたから。

差し出された手を前にして、宮野が口を開き……

「申し訳ありませんが、お断りさせていただきます」

その言葉を聞いた瞬間、自然と口元が弧を描いたのを感じた。

「私にとって、今の五人が最強のチームですから」

……ああ、これは多少の無茶をしてでも勝たせてやらないとだな。

色々と苦労しながらも準備を終え、ついに始まった文化祭。

せっかく出店したにもかかわらず人が来なければ悲しいだろうと、俺がちょっとばかし魔法を使って集客をしたのだが、思っていた以上に店に人がやって来る事となった。

そのため、当初は移動販売なんかもする予定だったのだが、急遽なしとなり、店に集中することになった。

これだけ人が集まったのは、ここが『魔法使いがいる学校』だからだろう。

空想ではなく本物の魔法使いがいる学校が文化祭なんてするんだ。否が応でも期待するに決まってる。そして来てみたら魔法で道案内をされたとなれば、目的としている場所や店が在ったとしてもこちらに釣られてくるものなのだろう。というか、そうじゃないと結構端の方にあるこの教室までこんなに人は来ない。

「思った以上に客が来るもんだな」

そんなたくさんの客達に、不慣れな様子で対応している宮野達四人。一応最初の方は飲食店を営んでいるケイ――岡崎圭が監督役として待機していたけど、学生の祭りなので極力手は出さないことになっていたし、本当に最初の方だけだった。準備や衛生状態を確認し、基本的な注意事項の説明をしただけ。

開店後は宮野達の様子を見ていたが、しばらくしてから「お前達なら大丈夫だ」とか言ってどこかへと消えていった。大方、ヒロとヤスのところだろう。

それでいいのか、監督役。まあ俺という大人がいるからなんだろうけどさ。

そんなわけで、宮野達四人は自分達だけで頑張るしかなかった。

宮野達が商品を落としそうになりつつも空中でキャッチしたり、釣り銭を間違えそうになって焦ったりしている中で俺が何をしているのかと言ったら、特に何もしていない。

最初に道案内の魔法を使いはしたが、それだけだ。あとは四人の姿を眺めつつ教室の端っこで座っているだけ。

「見てばっかじゃなくって手伝ってよね！」

自分達が忙しいのに俺だけダラダラと何もしていないことに不満を感じたのだろう。少し客が途切れたところで、浅田がこっちを向いて文句を言ってきた。

確かに自分達だけ働いているとなると、文句も言いたくなるかもしれない。だがしかし、俺にも言い分はあるのだ。

「俺、怪我人なんだが？」

そう。俺は今怪我をしているのだ。外から見た限りではなんの異状もないように見えるかもしれないが中はボロボロ。普段の半分くらいの力しか出ないくらいに弱っているのだ。

そんなやつを無理やり働かせようとするとか……まったくひどいやつだ。

「杖すらついてないんだから平気でしょ！　あ、いらっしゃいませ～」

「どうせこんなおっさんが接客なんてしても、客だって楽しかねえだろ」

せっかくこんなお祭りなんだ。接客されるなら可愛い女の子に接客してもらった方が楽しいに決まってる。というか、こんなスイーツ系を売ってる店に俺みたいなおっさんとか、合わないにも程がある。

「楽しいとかじゃなくって人手が足んないって言ってんのよ！」

それは頑張れ。店をやるって決めたのはお前達だし、これもいい経験だろ。どうせ覚醒者だから肉体的には疲労はさほどないはずだし、いけるいける。

「――っと、悪いな。電話が入ったから無理だ。頑張れ」

と、そこで電話がかかってきた。画面を見ると佐伯さんの名前が映っている。おそらくはこの後の用事についての話だろうな。

「じゃあ電話が終わったら手伝えばいいじゃん！」

浅田が不満そうな様子で文句を言ってきたが、まあ無視でいいだろ。

「――うあ～……なんだってこんなに多いわけ？　最初の魔法があるにしても多くない？」

それからしばらくして、やってきた客の大半が捌けたことで余裕が出てきた浅田が愚痴を言うように話しかけてきた。

だが、確かにその疑問はもっともではある。俺が最初にやった道案内の魔法の効果なんてとっくに切れてる。何せ直接見た者達はすでにはけてるわけだからな。

にもかかわらず人が途切れなかったのは、俺の魔法とは別の要因がある。

「そりゃあ、ヒロ達のせいだろ」

「ヒロさん達ですか？」

どうやら今の時点での客は全てはけたようで、宮野も話に交じってきた。

「ああ。あいつら、ほら、お前達の写真撮ったろ？」

「写真って、このドレスのことですよね？」

「そう、それだ」

宮野達に文化祭の衣装としてドレスを注文した際に、広告塔として写真を撮らせてもらうことになっていた。

その写真撮影自体はさして時間を取られることなく手早く終わったみたいだが、その時の写真が今回の文化祭で使われている。だからその結果だろう。

「で、でも、それがどうして集客につながるんでしょうか？」

その写真とこの集客がどう結びつくのか分からなかったのか、北原は不思議そうに問いかけてきた。

「そりゃあまあ、写真に写ってるようなドレス姿の女の子達が店をやっているなんてなれば目を引くだろ。しかもそれが勇者チームとなれば、まあこんな感じだ」

「でも、あんな写真程度でこんなに来るものでしょうか？」

「あんなっつっても、企業が前面に押し出してる広告に使われてるんだぞ？」

しかも最年少の勇者様が写ってるんだ。宮野と繋がりを作ることができた企業として、半端なやり方をするわけがない。そう考えるとこの結果はむしろ当然のことだろう。

「でもさー、所詮文化祭の飾りの一つっていうか、企業の広告なんて他にもあるんだし埋もれてるもんじゃないの？　所詮素人が写ってるだけの写真でしょ？」

「まあ他にも広告があるにはあるが……いや、あー……そうか。お前らは実物を見てないのか」

さっきその広告の担当をしてるヤスから写真が送られてきたが、あれは他のに紛れるようなもんじゃない。だが、宮野達は朝からずっとここにいたからその様子を見ていないのだろう。企業の宣伝エリアはここからじゃ見えないしな。

「「「？」」」

「あー、この文化祭は普通の学校と違って、企業エリアってあるだろ？」

「それって、正門から続く道の先に設置されているやつですか？」

「あのなんか、『普段学校や学生に協力してくれている企業や個人のためのお礼』とか言って、お祭りの間だけ宣伝場所を提供してる感じのあれでしょ？」

「話は聞いた。けど、実際に見にいってない」

「うん。昨日にはもう設置されてたみたいだけど、私達は寮だから、正門の方は通らないもんね……」

「そう。そのそれだ。結構広く場所をとってるみたいだし、色々と企業が集まってるわけだが、まあまあ日立つ感じで設置されてるみたいだぞ」

まあまあどころかだいぶ目立つ感じになっているが、これはなんとも口では説明しづらいんだよな。実際に見た方が早いだろう。……今写真を見せてもめんどくさそうだしな。

驚きやらなにやらでスマホを砕かれかねん。

「ほえ〜。でもさー、やっぱしあたしら素人なわけじゃん？　もっと有名人を使ってるところとかあるだろうし、そっちの方が人気出そうな感じがするもんじゃないの？」

「有名人っつっても、お前らももうだいぶ有名人だろ。なあ、『勇者』様？」

「ええまあ、はい。そうですね……恥ずかしいですけど」

冗談めかして宮野のことを呼ぶと、宮野は恥ずかしそうに顔を逸らした。

「『勇者』の芸能人もいる。瑞樹もそうなれば、もっと有名になれるはず」

そう言った安倍の言葉を聞き、俺は思わず顔を顰めてしまった。

「あ、えっと、確か『氷剣の勇者』だっけ？　名前は戸塚涼、だった、よね？」

「あ、そうそう。それそれ。なんか色んなところでイベントに参加してるっぽいよね。ライブとかやっても、演出に自分で魔法を使ってるとかって話じゃん。テレビにも結構出てるの見かけるし」

「私はいいわ。だって、絶対恥ずかしいもの。今でさえ結構くるものがあるのに」

恥ずかしそうに顔を逸らした宮野だが、ふと何かに気づいたように顔を上げた。

「……でも、そういえば戸塚さんってあまり勇者としての活動は聞かないわね」

「あー、そう言えばそうだっけ？　でも、そんなもんじゃない？　他の勇者だって一々なにをやったかー、なんて報道されてないっしょ？」

「一応されてる。ゲートを破壊すると、必ず誰がやったかテレビに出てる。勇者だけがってわけじゃない。けど、勇者の場合だと強調して放送してる」

「うそっ⁉　あっれー……？」

「佳奈はもうちょっとテレビを見た方がいい。もしくはニュースサイト」

「伊上さんは戸塚さんについて何か──どうかしました？」

戸塚という『勇者』に関して聞こうと、宮野が俺へと話しかけてきたがその言葉は途中で止まり、心配そうなものへと変わった。

「……あ？　あー、いや。なにがだ？」

「いえ、なんだか不機嫌そうな様子でしたので」

「ああ、そうだったか？　悪いな」

どうやら感情が顔に出ていたみたいだ。不愉快なのは確かだが、自分では抑えてるつもりだったんだけどな。

「いえ、それはいいんですけど……」

「まあ、気にすんな。これに関しては……あー、そのうち説明してやるよ。今は客の相手で忙しいだろ。難しい話は文化祭の後にしとけ」

宮野が『勇者』として活動していくなら、どうせそのうち話す必要があったことだ。ずっとあいつと会わない、なんてことはないだろうからな。

だが、その話をするのは今じゃない。

「んでまあ、お前らの写真の話に戻るが、どうせもうすぐ昼だ。昼になったら俺もちっと用があるし、そん時に一緒に行けばいいだろ。見た方が早えし。それまで店を頑張ってろ」

「なんか含みがあるっていうか、すっごい気になる言い方なんだけど～？」

「気にすんな。ああ、ほら。客が来たぞ」

「え？　あ、いりゃっさい……いらっしゃいませ～……って、咲月じゃん。うっわ、噛んだとこ知り合いに見られるとか、はっずいんだけど」

浅田は気を抜いていたところにいきなり客が来たことでセリフを噛んでいたが、それを誤魔化すかのように笑いながら話している。

「可愛いんで大丈夫です！」

だがそんな誤魔化しに対し、やってきた客――咲月は真正面から褒め、そのせいで浅田は余計に恥ずかしそうにしている。

「叔父さん。来たよー！」

「ああ、楽しんでるか？」

「うん。とっても楽しんでる！」

「そうか。ならよかったな」

　こんな学校だ。辛い事なんて普通の学校に比べるとたくさんあるだろう。だからこそ、こんな日ぐらい心から楽しんでほしいと思っていたのだが、どうやらちゃんと楽しんでいるようで何よりだ。

「まあなんだ。お客様向けじゃあないが、ゆっくりしてけ」

　宮野達のやっている店は、休むところがあると長居して手が足りなくなるからということで、教室の窓の前に台を設置して、そこからの販売だけとなっている。教室自体は荷物置き場兼作業場だ。

　なので客が休むスペースはないのだが、宮野達用に椅子はあるので、知り合いが数人休む程度なら問題ない。

「はーい。……あっ！　ゆっくりしてけってことは、奢ってくれるの？」

「……まあ、いいだろう」

「やったー！　イエイ！」

　あまり甘やかすのは問題だが、大した額でもないし奢ってやってもいいかと了承すると、咲月は両手でガッツポーズをして喜び後ろを振り返った。

　咲月が振り返った方向には見知らぬ女子生徒達が三人いたが、おそらくは咲月の知り合いなのだろう。

「ところで、そっちの子達は友達か？」

「え？　あ、うん。同じチームのメンバーだよ」

「チームって、そうか。そういえばお前はお前でチームを組んでるんだったな」

この学校の生徒は絶対にチームを組むことになっている。宮野達がそうなんだから少し考えれば分かる事ではあるのだが、普段の咲月しか知らないだけに、チームのメンバーであるという考えが咄嗟に出てこなかった。

だがまあ、チームのメンバーで、今後も一緒にやっていくのであれば顔を合わせることがあるかもしれないし、保護者として挨拶の一つくらいしておいた方がいいだろう。

そう考えて俺は椅子から立ち上がり、咲月の仲間達の元へと歩いていく。

「あー、どうも。俺は伊上浩介っていう、まあこいつの叔父だ。もしかしたら今後も会うことがあるかもしれないが、その時はよろしく頼む」

「あ、はい。こちらこそ、よろしくお願いします」

やっぱり俺が学生ではなく大人だからだろう。咲月の仲間達は緊張した様子で返事をしてきた。

「あの、伊上さんって、〝あの〟伊上さんですか？」

だが、そのうちの一人が俺のことをじっと見つめながら、そんなふうに問いかけてきた。

「は？……あー、あのって、どういう意味だ？」

「あ、えっと、いきなりすみません。兄はこの学校に通っている三年なんですけど、伊上さんって教導官の方がすごいんだ、って話していたんです。勇者の教導官をやっているはずだって聞いてたんで、そうなのかなって」

「勇者の……」

まあ確かに、俺自体は有名じゃなくても、宮野は学生達にも名が知れてるしな。その教導官として俺の名前を知ってる奴がいてもおかしくないだろう。

ただ、それでもやっぱり俺のことなんて知らない奴が大半だろうに、その兄って奴はよく知ってるな。

「まあ、それは多分俺だろうが……三年っていっこ上だろ？　俺はろくに関わりないと思うんだけどな」

「それは、昨年の出来事のせいです」

「昨年って……あの事件のか」

「はい。兄はあの時二年として校舎に籠城していたみたいなんですけど、その時に伊上さんがいてくれて助かった、って」

「ああ……あの時の誰かか」

去年この学校は頭のおかしな集団に襲われたが、その際に会った誰かがこの子の兄のようだ。

とはいえ、あの時は二年なんてたくさん会っていたので、誰と言われても分からない。そもそも名前も聞いてない奴がほとんどだったしな。

「その時のことを直接見ていないのでなんとも言えないんですけど、それでも伊上さんが兄を助けてくれたのはわかっています。ありがとうございました」

正直この子の兄をピンポイントで助けようとして助けたわけじゃないけど、そんなことを話しても意味なんてないし、結果的に俺の行動で助かったのは事実なんだろう。そうなんだ、と自分で認めるのは些か気恥ずかしい感じがするが。

「……どういたしまして。助かったんなら、まあ、良かったよ」

事件があったことは知っていても、それに俺が深く関わっていることまでは知らなかったのだろう。咲月が不思議そうな顔をしてこっちを見てきた。

「叔父さんって、意外と有名人っていうか……すごい人？」

「さあな。有名かどうか、すごいかどうかなんて、自分で決めることじゃないだろ」

「うわ、なんだかすっごく『すごい人』っぽい台詞！」

俺の答えが気に入ったのか、咲月は楽しそうに笑っている。だが、個人的には俺なんて全然すごくない。俺よりすごいやつなんて他にもいる。例えば、『勇者』とかな。

「俺より『すごい人』ならあそこにいっぱいいるだろ。ほら、四人もいるぞ。特級のイレギュラーを倒した勇者様御一行だ」

「瑞樹さん達がすごいのは最初から知ってるし、意外でもなんでもないじゃん」

「まあ、そうか。……まあいい。ちょっと待ってろ」

咲月の言葉に軽く肩をすくめ、俺は咲月に奢る分を買うために宮野達の方へ戻って行く。

「宮野。四人分くれ。味は……チョコとシロップを二つずつでいいか」

「伊上さん。咲月達の分ですか？」

「ああ。せっかく来たんだから、奢るくらいはな」

俺の言葉を聞いた宮野は、にこりと笑みを浮かべて頷くと商品を作り始めた。

「あたし達には奢ってくんないの～？」

今の話を聞いていたようで、浅田が俺の顔を覗き込むようにして聞いてきた。

「あ？　これ、お前らが自前でとってきたんだから、お前らに奢る必要なんてないだろ」

「気分的な問題だってば。自分で作ったのを食べるのと、奢ってもらうのじゃ違うでしょ」

「味は変わらねえんだから満足しとけ」

そうして雑談をしていると品ができたようで、宮野が商品を差し出してきた。

「はい。できました。どうぞ」

「ああ、ありがとう。金は四人分だと……」

「要りませんよ。伊上さんから貰えませんから。それに、咲月ちゃんの分なら先輩としていいところを見せないとですし」

財布を取り出そうとしたところで宮野から制止が入った。せっかくの好意だ。宮野の顔を潰すわけにもいかないので、俺は財布を出すのをやめて商品を受け取ることにした。

「ありがとな。あとでなんか奢るわ」

「ふふ、はい。楽しみにしてます」

「咲月、ほらチョコ二つとシロップ二つだ。分けて食べてくれ。ただ、チョコから先に食わないと溶けるぞ」

「ありがとー！」

咲月達はお礼をいって商品を受け取っていき、その味を楽しみながら話をし、最後に改めて礼を口にしてからまた学園祭を巡りに出て行った。

そんな姪っ子の様子に満足しつつ、俺達は午前が終わるまで店を続けるのだった。まあ、俺は見てるだけだが。

「ふう～～～。やっと終わったー！」

「午前中だけってことだったけれど、意外と大変だったわね」

「うん。むしろ、午後もあったら、少し危なかったかもしれないね……」

「ん。もう残りがない」

咲月達が出て行ってから三十分ほどすると、正午を知らせるチャイムがなり、宮野達の本日の営業は終了となった。

客の入りが思った以上に良かったため、現在は安倍の言うように少し在庫に不安がある。だからまあ、予定外のことではあったが、半日だけの出店にしたのはよかったといえばよかったのかもしれない。

「おう、お疲れ。まあ、接客なんてしたことなかったんだったらそうなるだろうな。戦闘とは違う意味で疲れるだろ」

「そうですね。私達バイトもしたことないですし、そういった意味では貴重な体験でした」

「ねー。まあ、まだ明日もあるけどね」

浅田はまだ明日もあると言ったが、正確にはまだ今日の仕事は終わりではなく、片付けが残っている。明日また使うのだから本格的に片付ける必要はないし、そもそも片付けるものもそう多くはない。だが、それでも使った道具はあるので洗わないとだし、在庫の確認もしないといけない。

ただまあ、メインとなる作業は終わったわけだし、そういった細々とした作業は俺がやってもいいかもな。動き回ったりはできないが、食器洗いくらいはすぐに終わるし。

「ところで、例の写真は？」

「例の写真？　……ああ、そうだった。んじゃまあ、ちょっと待ってろ。これだけ片すから」

食器洗いをするために動き出したところで安倍から声がかけられた。そういえば今日の営業が終わったらこいつらの写真を見に行くことになってたんだった。

「あ、すみません。伊上さん。今手伝いますね」

「いや、お前らは休んでていいって。どうせすぐ終わるし、店自体はたいして手伝えなかったからな」

片付けの作業をし始めた俺を見て、宮野と北原がすぐに動き出したが、それに軽く手を振って断る。

「では、お言葉に甘えさせてもらいます」

宮野は少し迷った様子を見せたが、すぐに引いて椅子に座り直した。

尚(なお)、浅田と安倍は初めから動いていなかった。すっかりオフ状態だ。

「んー。じゃああたしらはダラダラっとさせてもらおっかなー」

「つっても、すぐに終わるから休むってほどの時間はねえだろうけどな。人と会うことになってんだから遅れるわけにはいかねえし、時間になったら先に行くぞ」

約束している以上遅れるのは失礼だし、そうでなくてもこの約束は遅れることは出来ない。

「人と約束ですか？」

「ああ。佐伯さんがこっちに来るんだよ」

「佐伯さん、ですか……」

特におかしなことは言っていないはずだが、宮野の様子が少しおかしい。多分佐伯さんの名前が出てきたからだと思うが、宮野が誰かに対してこんな反応を見せるなんて珍しいな。

「そうだ。……なんだ、宮野。あの人は苦手か？」

「えっと、どちらかといえば……はい。最初の出会いからしてあまり良いものではなかったので」

最初の出会いって、ニーナに会わせた時だよな？　あの時のことって言うと……ああ。多分、ニーナを『アレ』と呼んでいたのが気に食わないのか？

今は俺に配慮してマシな扱いになっているが、前は道具だ爆弾だ、と人間扱いされていなかったからな。まだ子供であり、『勇者』として立派になろうと思っている宮野としては、ああも堂々と人間をもの扱いする人のことは受け入れ難いかも知れないな。

「……まあ、別にいいんじゃないか？　考え方なんて違って当然だし、全人類の考えを受け入れろ、なんてこともないんだ。嫌いなら嫌いでもいいだろ。まあ、どうしたって今後も会う機会があるだろうから、その時に困らない程度には愛想良くしておく必要はあるだろうけどな」

しかも、それだって絶対に仲良くしないといけないってわけでもない。宮野は大事な大事な『勇者』様なんだ。宮野がもうこいつと会わせないでください、といえば、それだけでもう二度と佐伯さんとは会うことはなくなるだろう。

もっとも、こいつはそんな事をしないだろうけどな。嫌な相手だろうと『勇者』としての特権を使わずに接していくと思う。

「まあ、あれだ。話自体はすぐに終わるだろうし、お前らが気にすることでもねえよ」

「……そうですね」

「じゃあ、お昼はその後？」

宮野との話が一段落ついたところで、安倍が問いかけてきたのだが、お腹が空いたのか自分の腹に右手を当てている。

「昼？　あぁまあ、そうだな。そうなるか。でもどうせ午後は暇なんだし、少し時間が遅くなるくらい問題ないだろ」

「わかった。ごちになる」

「ごちって……さっきの話聞いてたのかよ」

どうやら咲月が来た時の宮野との話を聞いていたようで、俺に奢らせるつもりらしい。

「まあいい。奢ってやるからさっさと行くぞ」

そんなわけで、俺達はヤス達のいる広告の出ているエリアに向かうことにした。

「え、あ、ちょっと待って。あの、それってこの格好で行くの？」

だが、そこで北原から待ったがかかった。

今の宮野達は、出店で着る用のドレス姿だ。このまま巡るとなればそれなりに注目を集めることになるだろう。

「そうね……目立つし、流石にこの格好での移動は少し恥ずかしいわね」

「そう？　意外と気にならない」

「それは晴華だけだってば……」

「そういうのも含めて文化祭だろ。少し目立つくらいいいんじゃねえか？　別におかしくて笑われるわけでもねえんだから」

宮野と浅田は恥ずかしがり、安倍は特に気にせずと言った様子だが、今は文化祭中なわけだし気にすることはないと思う。むしろ、こういうのは目立ってなんぼだろ。

「……はあ。明日の集客に繋がると考えれば、悪くないかもしれないわね」

俺の言葉を聞いたからか、宮野は息を吐き出すと腹を括ったようでドレス姿のまま文化祭を回ることを決めたようだ。

「え、うそ。瑞樹、本気でこれで行くつもりなわけ？」

「でも、勿体ないっていう気もするのよね。だって、せっかくの文化祭だもの。楽しんでこそ、でしょ？」

「晴華……は、オッケーか。柚子はどう？　これ恥ずかしいとかない？」

「私は、うん。少し恥ずかしいけど、大丈夫だよ」

「……っはあ～～～。しゃーない。もうこれで行こっか！」

他の三人から反対の意見はなく、躊躇ってるのは自分だけ。あとは自分の意見で決まる。そうなってしまえばあとは早く、浅田も腹を括ったようで、デデンッ！　という擬音が出てきそうなほどに堂々とした態度で言い放ち、宮野達はドレスのまま文化祭を巡ることとなった。

一章　『氷剣の勇者』

「――んで？　どれがなんなわけ？　あたしらのはど……れ……？」

俺達(おれたち)がやってきたのは、正門の横から続く道の先にある企業エリア。約束の時間にはまだ余裕があるので、先に宮野(みやの)達がモデルをやった写真の確認をするために企業が自分達の商品を宣伝するための場所にやって来たのだ。

だがそこに辿(たど)り着いて軽く辺りを見回していた浅田(あさだ)は、不意にその言葉を止めて一箇所(いっかしょ)を注視し始めた。

この企業エリア、それなりの数の企業が参加しているため、普通ならなんの案内もなしに目的の場所を見つけるのは難しいだろう。だが、今回ばかりは事情が違った。

各企業達はそれぞれ宣伝のために目玉となる商品を置いていたり、機械を用いて広告を流していたりする。

その機械を用いての広告だが、本来であればそこに映っているのは自社の商品か、あるいはそれなりに名のある俳優達のはずだ。無名の役者が映っていたところで、注目はされないから。

だが今回、俺達が目指している場所に限っては、映っているものは商品でもなく、俳優でもなかった。いや、あるいはどちらでもあると言えるかもしれない。

浅田が言葉を止めたことから分かるかもしれないが、今回ヤスの実家が営んでいる会社の広告には、宮野達の姿が映し出されていた。それも、今回来ているドレス姿に、普段の制服姿。果ては戦ってるシーンなど、これでもかと言うくらいに宮野達四人を推している。

四人の姿がデカデカと映し出され、その場所だけ他よりも人が集まっている。おそらくは学生や、その親族だろう。

同じ学校の生徒が『勇者』と呼ばれるようになり、こうして企業と手を組んでモデルとして映像として映し出されるようになるというのは、他の俳優やらアイドルやらよりも親しみを感じやすく、興味を惹かれるものだろうというのは理解できる。

「あ……なっ……なんっ⁉」

まさかこれほど大々的に映されているとは思っていなかったのか、浅田は相変わらず絶句したままだが、それは宮野と北原も同じだ。

「意外といい出来。思ったよりも立派」

唯一安倍だけは動じることなく評価しているが、かすかに頬が朱に染まっている気がする。

「それはヤスに言ってやれ。多分あそこに行けば会えるだろうから」

「ん。そうする」

そんな話をしてから俺はヤス達のいるであろう場所へと向かおうと足を踏み出した。

「って、そうじゃないでしょ！　何なのよこれ！」

だがそこで、浅田が俺の腕を掴んで引き寄せ、自分達の姿が映る大型ディスプレイを指差しながら叫んできた。

「お前らの映像だろ。ちゃんと撮った写真を宣伝に使ってるだけじゃねえか」

「ちっがーう！　いや違わないんだけど、なんていうか違うでしょ！」

何が違うんだよ。まあ、なんとなく言わんとしてることは理解できるけど。

「事前に説明とか受けただろ？」

「え、ええ、はい。事前に説明を受けてはいましたし、完成予想図も見せてもらいました。けど、実際に実物を見ると、イラストを見せてもらった時とは見え方が違って……なんというか、言葉がないですね」

まあ、イラストだけで実際の光景を想像しろってのは結構難しいからな。説明されたとしても、慣れていない宮野達では深く理解できず頷くだけだっただろう。

「う、うん。確かに、これならあれだけ人が来ても、おかしくないかも……」

「勇者だし、当然」

開いた口が塞がらないと言った様子の宮野と北原に、安倍が呟いたが、その答えは正しい。

「まあ、そうだな。お前達が……宮野が『勇者』じゃなかったらこうはなってなかっただろうな。お前達は見目は悪くないが、こうも大々的にやるほど価値があるかっていうと、そうじゃない」

これは宮野が『勇者』だからこそ、自分達と繋がりがありますよと会社側が示すためにこうも大々的にやっているのだ。これが普通にすごい〝だけ〟の冒険者であれば、モデルとして起用されることはあったとしてもここまでにはならなかっただろう。

「なんか馬鹿にされてない？」

容姿を貶されたとでも感じたのか、浅田は唇を尖らせてこっちを見つめながら不満を口にした。

「してねえよ。俺から見ても、お前達に綺麗とか可愛いって言葉は合ってると思うさ。だが、それだけじゃ足りないのがこういう仕事だってだけだ」

「そ、そっか……まあうん。そっか」

俺の弁明を聞いた浅田は、少し照れたように頷き、そっぽを向いた。その反応には困るところがあるんだが……まあいい。

「勇者だから、ですか。分かってはいましたけど、ずるい感じがしますよね」

「まあ、お前ならそう思うかもな。でも、それも生まれ持った才能だ。画家が上手い絵を描ける事をずるいと感じるか？　スポーツ選手が競技で活躍する事をずるいと思うか？　そんなの誰も思わねえよ。よっぽど捻くれてるやつ以外はな。それと同じだ。お前のその『勇者』と呼ばれるようになった力は、お前の才能だ」

自分にも才能があれば、と妬み僻む奴はいるだろうが、生まれ持ったものなのだからどうしようもない。才能は才能なんだと割り切って、上手く付き合っていくしかないのが人間だ。

「自分で自分の才能をずるいと思うんだったら、その才能に負けないくらいの努力をしろ。そうしていつか自分の才能を認めて受け入れられるようになれ」

「……はい。そうですね」

宮野は一度深呼吸をしてからしっかりと頷いた。

そんな宮野の肩を軽く叩いてから俺は宮野達を促し、再びヤス達のいる場所へと進み出した。

「あ？　……ああ？」

——かと思ったら、視界に見たくないものが映ったような気がして思わずおかしな声を出してしまった。

「どうかしましたか？」

「……いや、何でもねえ。それより、そろそろ行くぞ。ここにいると目立つし、ヤス達と合流した方がいいだろ」

突然の声に、歩き出したばかりの宮野達がこちらを振り返っていたが、俺はなんでもないからと——

「あ、ねえ。ちょっとちょっと。浩介！　どこ行くのよ！」

「……」

っかしいなぁ。なんか幻聴が聞こえるな。まあ気のせいだろ。

「ねえ、浩介ってば！　ねえ！」

今もなんか名前を呼ばれた気がするが、これもきっと気のせいだ。やっぱりまだ体調が万全じゃないんだろうな。しゃーない。

「あの、伊上さん？」

宮野が心配そうに声をかけてきたが、大丈夫だ、問題ない。あれはなんでもないんだ。

気にしなくていい。だってただの幻聴だから。

「いいかお前ら。あの声は無視しろ。いや、そもそも俺を呼び止める声なんてないんだ。だから聞こえてるとか聞こえてないとか――」

「待てってってんじゃん」

だが、そうして先に進むよう宮野達に促したところで、後ろから抱きつかれるようにして捕まった。

「な～に～？　お姉ちゃんに会うのが恥ずかしいの～？」

「お姉ちゃん……？」

抱きついてきた女――俺の姉である葉月の言葉を聞き、宮野が繰り返すように声を漏らしたが、今の俺はその言葉に対応する気になれなかった。

「クソうぜえ……」

「そんなこと言って～。恥ずかしがらなくてもいいのに。お姉ちゃんに会えて嬉しいでしょ～？　うりうり～」

まじでうぜえなこの女。姉に言うことではないのかもしれないが、できれば会いたくなかった……。

話しながら頬を突いてくる姉の指を払いのけ、一度ため息を吐いてから答える。

「そうだけどー……あ、咲月元気にしてる？　一応電話で話したりしてるけど、やっぱ気になるのよね」

「恥ずかしがってねえし、別に会いたくなかった……ってかこの前会ったばっかだろ」

「ああ、元気にしてるよ。見たところ大きな怪我もしてないし、いじめやなんかもない感じだ。後は友達もいるし、まあ全体的に順調だ」

「そっか。そかそか。んじゃまあ、良かったかな」

相変わらず抱きつきながら話しているので顔を見ることはできないが、その声を聞く限りは本気で娘のことを心配しているのだろうと理解できた。

「っつーかよく見つけられたな」

抱きついていた葉月を引き剥がしてようやく向かい合うことができた俺は、一度息を吐いてから話しかけた。

「こんだけ目立つところに目立つ子達がいれば、いやでも目を引くでしょ。で、たまたまあんたがここにいただけ」

「ああ……こんなことなら着替えさせとくんだったか」

宮野達が制服姿だったら、こいつに見つかることもなかっただろうと少しだけ後悔した。

「はあ……まあいい。んで、いつ来たんだ？　咲月は友達と見て回ってただけで、特に何か役割があるってわけでもないから、呼べば来られると思うぞ」

「あ、それは大丈夫。もう呼んでるから」

「ああ、そうなのか」

「うん。旦那（だんな）がね」

「ん？　翔吾（しょうご）さんも来てるのか？」

「まあね。流石に娘に会いに行くのに一人じゃ来れないでしょ」

「娘を預けるときは一人だったくせに」

「まあ、それはそれな感じのあれよ」

どんな感じのどれだよ。そう思ったが、言ったところで何かまともな答えが返ってくるとは思えないので、流すことにした。

「久しぶりだね。浩介くん」

「はい。お久しぶりです。翔吾さん」

相変わらず適当な感じの葉月の言葉を流していると、咲月の父親である翔吾さんが姿を見せたので挨拶を交（か）わす。

翔吾さんは、まあこれと言って特徴（とくちょう）のない人だ。強（し）いて言うなら少し体格がいいことと、着ているものがピシッと整っている人ってことくらいだ。収入は一般人（いっぱんじん）の中では多い方で几帳面。よくこんないい加減な女と結婚なんてしたなと思うよ。ありがたいことだとは思うけどな。

「咲月の事はすまなかったね。でも、助かってるよ。僕達だけでは、あの子のことを守るのに限界があるから」

「いえ。確かにできることとできないことはあるでしょうけど、それでも咲月のことを大切に思っている人がいるというだけで、それは咲月の助けになってます」

「そうかな？　そうだといいんだけどね」

俺が話すと、翔吾さんは少し安堵したように笑みを浮かべて話した。

「あっ！　パパ！　見つけた！」

そうこうしているうちに、呼んだという咲月が姿を見せ、小走りでこちらに駆け寄ってきた。

だが、そうして現れた咲月が声をかけたのは自身の父親だけ。母親の方は両手を広げて待ち構えていたにもかかわらず、それを無視して放置だ。

でもまあ、そうだろうな。こいつの普段の振る舞いを見てると無視して正解って感じがする。

「咲月ー。こっちにはなんかないのー？」

無視された葉月は不満そうに唇を尖らせて娘へと文句を言っているが、文句を言われた本人である咲月の方は全く堪えた様子なく答えた。

「え。だって昨日も電話したじゃん。なんか別にそんな会ってないって感じがしないし、ありがたみが違うっていうか……」

「まあっ！　なんてひどい娘なんでしょうっ。せっかく一人で暮らす娘のために遠くから来たのに。こんな扱いを受けるなんて……」

「っていうか、別に一人では暮らしてないし」

無駄に芝居がかった言動で悲しみを表現している葉月だが、そんな母親が相手でも咲月はさらりと流している。

――と、まあ、目の前で家族のふれあい劇場が繰り広げられているのを観察していると、近くにあったスピーカーから放送が流れ出した。

『ご来場中の皆様、本日は当校の文化祭にお越しくださり誠にありがとうございます。明日は一般の方々にも覚醒者とはどんなものなのか、生徒達は普段どのような事をしているのか、という事を知ってもらうために、ゲストである特級冒険者を交えた公開訓練を行います。参加者は当校の者のみとなりますが、ご家族、ご友人が参加される方はぜひご観覧と応援を。公開訓練の開催は明日の午後一時よりとなります』

「……公開訓練？　そんなもんあったのか」

放送で言っていたのだから確かなのだろうが、俺はそんな話を聞いていない。だが、俺は割と準備に関わっていたし、教導官としてこの学校にも通っていた。それで知らされていないってありえるか？　昨日今日で急に決まったわけでもあるまいし……わからん。

「はい。イベントがあること自体は前から決まってましたよ？　ですが、その内容までは決まっていませんでした。やってくるゲストや、イベントの内容については伊上さんが入院中に決まったんです。どうやら特級の冒険者の方に都合をつけることができたのがそのタイミングだったとかで。特級が来れなかった場合にもイベントがあること自体は決まっていましたが、どうなるかわからなかったので大々的な発表を控えていたそうです」

「因みに、特級が捕まらなかったら教師が簡単な講義をする予定だった」

あー、なるほどな。確かに外部からゲストを招くにしても、来ることが確定していない状態で告知するわけにもいかないか。

俺が知らなかったのも、学校に来て文化祭の準備に参加したって言っても、宮野達に関わる部分だけだからな。学校が開くイベントの詳細なんかは興味なかったし気にしてなかった。しかもそれが講義となれば、尚更興味なんてない。別にそんなものを聞かなくても、教導官として学校で授業を受けられるわけだし。

で、そのゲストが俺が入院してる間に決まったと。それならまあ、知らなくても仕方ないか。

「特級は基本的に忙しいからな。忙しくない奴らもいるけど、そういったのは表にはあまり出てこない引きこもり体質だから、こういうイベントは出てこないだろうな」

日本には『勇者』が十人とかなりの数がいるが、特級はもっといる。その中には異名を持ってる奴らもいるが、異名があるということはそれだけ活躍しているということで、忙しくしている。あるいは、呼ぶことはできても金がかかる。だから、そう簡単に呼ぶことはできないだろう。

「まあそれはわかったが、その訓練ってのはなにするもんなんだ？」

宮野のおかげでイベントに関しての事情はなんとなく理解することができた。

だが、そのイベント――公開訓練って言っていたが、特級が参加するほどか？　あえて特級を呼んだってことは、模擬戦的な何かでもやるんだろうか？

「訓練と称していますが、明日もお祭りですし、時間も午後の二時間だけなので簡単なものですね。内容はその年毎に変わるみたいなのでまだわかりませんけど、例年だと鬼ごっこや力比べや射的ですね」

「ああまあ、そうか。祭りのメインはあくまでも〝祭り〟だからな。イベントばっかに時間を割くわけにもいかないか」

イベントに時間を割きすぎると、そっちがメインになるからな。客寄せとしては長くやった方が人が集まるかもしれないが、その辺の配分を気をつけないと文化祭が台無しになる可能性があるから難しいところだろうな。

しかし、訓練として見せるのが鬼ごっこに射的ねえ……。

「にしても、今年はどうだかわからないが、去年までのは随分と〝らしくない〟催しだな。ここ冒険者の学校だろ?」

「だからこそ、らしいですよ。冒険者は危険な存在ではないと一般の方々に知らせるため、馴染みやすいイベントにしてあるみたいです」

冒険者の学校にしては随分と〝普通〟な感じがしたが、そういう理由があるんだったら遊びみたいな内容だとしても理解できる。

「ああ。だからこそ、訓練って名前でお遊びをやるわけか。自分達の訓練風景はこんな感じですよ～、危なくないですよ～、って言い張るために。殺伐とした殺し合いを見せられるより、スポーツ感覚で見せられた方が一般客としても受け入れやすいだろうな」

冒険者はゲートによる被害を抑えるために必要な存在だと言われているし、そのことは一般市民達も理解しているだろう。

　だが、それでも冒険者のことを怖(こわ)がる者はいるものだ。何せ俺達は魔法(まほう)なんて超常(ちょうじょう)の技が使えるんだ。魔法が使えなくとも、その代わりに身体能力がプロの格闘家(かくとうか)並み。それが〝最低〟だ。一番上なんて、それこそゲートの中の化け物どもとなんら変わらないだろう。

　政府としても、そんなすれ違いをどうにかするために色々と手を打ったりはしているが、完全に無くすことは難しい。

　それを理解していても何もしないわけにはいかず、こうして学生を利用してのイベントを行っているのだろう。宮野達が去年の体育祭の時にやった擬似冒険者活動(ぎじぼうけんしゃかつどう)……『アドベンチャー・ハント』だったか？　あれが競技として世間に認められているのも、多分似たような理由が混じっているんだろうな。

「お前達は出ないのか？」

　まあつっても、そんな小難しい話はどうでもいい。どうせ考えたところで一朝一夕(いっちょういっせき)にはどうにかすることはできないんだ。

　だったら、今目の前のことを考えるべきだろ。差し当たっては、明日の公開訓練とやらに宮野達が参加するのかどうかだな。

「出ない」

　俺の問いかけに安倍が短く、だが間違(まちが)えようもなくはっきりと答えた。

「なんでだ？　文化祭のお遊びなんだから出ればいいじゃねえか」

「出よっかな、って思いはしたんだけどさ、あんたに許可とらないでってのもなんかあれじゃん」

「それに、今回は初めての出店側での参加でしたし、不備がないようにお店に集中した方が、ということで見送ることにしたんです」

俺の言葉に浅田と宮野が答えたが、店を頑張るにしても訓練の方も参加できると思うんだけどな。

「店っつっても、午前だけで終わるんだし、いいんじゃねえのか？　ぶっちゃけ午後は暇だろ」

「ですが、伊上さんは参加しないんですよね？」

「そりゃあ、こんな状態だからな。だが、だからってお前達が気にする必要はないだろ」

「でもさ、一人になっちゃうわけじゃん？」

「お前、俺が幾つだと思ってんだよ。一人にされたところで寂しいだなんて言うとでも思ってんのか？　俺のことなんて気にせずに参加しとけ。お前達の実力からするとくだらないお遊びだが、それもたまにはいいもんだ。ここでの思い出は一生もんになるぞ」

「なに親父くさいこと言ってんのよ」

「親父くさいってか、まあそれなりに歳はとってるからな。もうすぐ四十だぞ？　まあ、学生時代を思い出したりするもんなんだよ。あの時やっておけばよかった、とかな。経験者の助言はしっかり聞いておくもんだぞ」

とはいえ、そうは言われても実際にそう考えることができるもんでもないけどな。俺も親から言われたけど、大人になってから「あの時に……」って後悔したもんだし。

「ふんふん……ってかさあ、浩介。なんかどっかいいとこないわけ？　ずっとここで立ち話ってのも疲れるんだけど」

なんて少し説教くさく宮野達に話をしていると、葉月が家族の再会を終えたのか話しかけてきた。

「なら勝手にどっか行けよな……まあ、こっちに来い。そこは知り合いのブースだから、座るところくらいあるだろ」

「オッケー。んじゃ案内よろしく。あ、あと飲み物とか食べ物ない？」

「ねえよ。自分で買ってこい。そのまま文化祭回ればいいじゃねえか」

「まあそうするつもりなんだけど、ちょっとくらい休憩したいのよ。電車もバスも立ちっぱだったんだから疲れてんの」

相手をするのもめんどくさいが、無視するのもなんだし、どうせすぐそこなんだから案内するくらいはいいか、とヤス達の場所まで案内することにした。

『えー、明日行われる公開訓練に関して新たな情報です！　今回参加していただく特級冒険者は、なんと今話題沸騰中のあの勇者！』

俺達を先頭として、その後ろを葉月達がついてくる形でヤス達の場所まで案内していると、またも放送が行われ、その内容を聞いた俺は宮野を見た。

だって、なあ？　今話題って言ったら、最年少の『勇者』様である宮野だろ？

「話題の勇者？」

「ち、違いますっ」

だが、まあ分かっていたことではあるが、どうやら宮野ではないようで思い切り首を横に振られた。

『氷剣の勇者と名高き、戸塚涼さんです！』

そして続いた放送を聞いて、俺は眉を顰めることとなった。

「氷剣？　それって確か……」

「戸塚涼って、さっき話してたアイドルじゃん」

「あの人、いろんなところに出てるけど、こんなところにも参加するんだね」

「ここが母校だったとか？」

宮野、浅田、北原、安倍と、四人は今しがた放送された勇者について話をしているが、よりにもよってあいつが訓練のゲストかよ。選定ミスってんだろ。

「そんな話は聞いたことないけど……って、伊上さん。どうかしましたか？」

宮野達の話に交ざらないでいると宮野がこっちへと顔を向けてきたのだが、その時の俺の表情を見たせいだろう。心配そうに声をかけてきた。

さっきもそうだが、あいつには嫌悪感がある。だからだろう。どうしてもその気持ちが表に出てしまうようだ。

「ん？　ああ、いや。あいつが来るのかと思うと、ちょっとな」

「それって相手がイケメンだから～？　アイドルが来たら自分の教え子が取られちゃいそうで怖いんだ～」

「そんなんじゃねえよ。アホ。ちょっと黙ってろ。割と真面目な話だ」

俺の溢した感想に、後ろからついてくるバカな姉が茶化してきたが、そんな理由じゃない。まあイケメンと呼ばれる面なのは確かだし、ちょっとは思うところがないわけでもないが、大事なのはそこじゃない。

俺が眉を顰めた理由は、あいつの性格や振る舞いに問題があるからだ。

先ほどは誤魔化したし、まだ文化祭中だからこういった話は話すつもりがなかったんだが、仕方ない。あいつが来るってんなら話しておいた方がいいか。

「あの戸塚ってやつは、冒険者らしくない」

「らしくない、ですか？」

そう。冒険者らしくない。それがあの戸塚涼という男に対する俺の評価だ。

「でも特級だし、活躍してんのよね？」

「そう言われてるな」

「なんか含みがある言い方ね」

浅田は俺の言葉の意味が理解できず不満そうな顔をしているが……そうだな、話してもいいだろう。というか、話しておくべきか。

「特級が年間に攻略するゲートの数は幾つだか知ってるか？」

「え？　えーっと……いくつ？」

「二月に一つだとして、五、六個くらいかしら？」

「でも、もっといけそう」

「じゃあ、十個くらい？　でも、それだと毎月一つはやらないといけなくなっちゃうよ……？」

宮野達は話し合って答えを出そうとしているが、わからないようで悩んでいる。近いところは出てるんだけどな。

「で、正解は？」

そんな中、全く冒険者の事情について知らない葉月が、さっさと話せとばかりに答えを促してきた。

「一口に特級っつってもピンキリだが、月に一つが平均だ。年間十二ってとこか」

「そんなにやってんの⁉」

「いつか、私もそれくらいやらないといけないんですよね」

「まあな。ただ、ゲートっつっても三級のも入ってるから、一日で終わることもある。だから数だけを気にする必要はないし、ノルマが決まってるわけでもないけどな」

ちなみに、今の『特級』の中にニーナは入っていない。あいつが入ると平均が大きく上に更新されるからな。何せ、あいつは特級を含めいろんなゲートの処理をやらされてるし。ゲートの世界最多破壊記録はニーナのはずだ。

まあそれはそれとして、問題の戸塚だが……

「ただ、あの戸塚だが……去年の成績は四つだけだ」

「はあ？　四つって、半分以下じゃん」

「そうだな。特級のゲートに関しては、ゼロだ」

「それは……その、本当ですか？」

宮野は驚いた様子を見せているが、当然だろう。何せ『勇者』とは特級のゲートを攻略するための存在と言っても過言ではないのだから。少なくとも、世間的な評価はそれだ。にもかかわらず、特級のゲートを攻略しない『勇者』がいるのであれば、それは驚くのも無理はないだろう。

「ああ。研究所で聞いた話だから確かだな」

「いる意味ある？」

「いる意味って、随分とはっきりと……まあ仕事はしなくても特級だからな。力だけでいえば『勇者』の称号を与えられるくらいなんだから、意味はあるさ」

安倍はなんともはっきりと言い難いことを聞いてきたが、勇者としての仕事をしなくてもいる意味があるのかと言ったら、まあ意味はある。

「でも何でそれが問題になるわけ？　やっぱし実績が少ないから？　でもそれは勇者がアイドルやってること考えれば仕方ないんじゃない？　どう考えても忙しいっしょ。ノルマもないっぽいし、いいんでないの？」

テレビかなんかで戸塚のことを見たことがあるのだろう。葉月が問いかけてきたが、それは正確ではない。

「まあ、ゲートを壊した数に関しちゃ問題はないな。問題なのはあいつの実態だ。あいつは逆なんだよ」

「逆？　なにがどういうことなわけ？」

「あいつは勇者がアイドルやってんじゃなくて、アイドルが勇者やってんだよ。つまり、本業は冒険者じゃない」

「んー……つまりどゆこと？」

その二つの違いがわからないのか、葉月が首を傾げながら問いかけてきた。

「本質が『戦う者』じゃないから、そいつと手合わせして変な癖でもついたり、余計なところを真似されたら死にやすくなるってことだよ」

もし宮野達が公開訓練とやらに参加して戸塚なんかを真似でもしたら、それが原因で失敗する可能性がある。それはこいつらに指導する立場の者として認められない。

できることなら他の生徒達も参加するのをやめてもらいたいし、なんだったらゲストを変えてもらいたいが、流石にそれは無理だってことくらいは理解してる。

「んー、まあわかったけど、にしてもなんか不機嫌じゃない？　不機嫌ってか、怒ってる？」

「ん。珍しい」

「別に怒っちゃいねえよ。……ただまあ、嫌悪感があるのは確かだな」

浅田と安倍が首を傾げているが、本当に怒ってはいない。どう生きるかなんて、それぞれの自由だからな。だから怒っていない。ただ気に入らないってだけ。

「これはあくまでも俺の考えだ。……だが、あいつは冒険者を舐めてる。命をかけるつもりなんてない。ただ見栄えだけを意識してる。アイドルっつー影響力のせいで、周りを巻き込むからタチが悪い。言い方は悪いが、誘蛾灯みたいなもんだ。『勇者』の言葉で冒険者に夢を見させて動かす。だが、夢を見てるだけの冒険者がどうなるかなんて、お前らならわかるだろ？」

少し前の咲月がそうだった。人を襲う化け物を倒し、みんなから感謝され、大金を稼ぐすごい冒険者。そんな姿を夢見て、ダンジョンへと挑んでいく。そしてその結果――死んでいく。

「それは……伊上さんとは真逆ですね」

そんな俺の話を聞いて、なにを思ったのか宮野がそう口にした。

「は？　真逆って……まあ確かに色々と違うところはあるだろうが……」

「だって伊上さん、見栄えなんて気にしないで、命懸けで他の人を助けてるじゃないですか」

「あー、ね。確かにそうかも。なんだかんだで人助けしてるし」

人助けと言っても目についたやつで、尚且つこっちに余裕がある時だけだ。そんな『勇者』の対比として出されるような存在じゃないってのに。

「まあとにかくだ。お前らはあいつを参考にするな」

「ひどい言い草だね」

――とそこで、不意に横から声が聞こえたので立ち止まり、顔を向けてみる。

「え、あれ？　もしかして戸塚涼？　え、まじ？　本物？」

「叔父さん、本物だよ本物！　テレビで見たまんまだもん！　なんかさ、ほら。聞かれてたっぽいし、謝んないとまずくない？」

顔を向けた先にいたのは、件の『勇者』である戸塚涼だった。葉月と咲月が驚いた様子で喋っているが……なんだってこんなところにいるんだ？

「戸塚、か……」

「ああ、そうだよ。『氷剣の勇者』、戸塚涼だ。そういう君はどちら様かな？　随分と知ったような口を利いているようだけど。悪いけど、会ったこともない人に悪様に言われるのは不愉快なんだ。たとえ有名人の宿命なんだとしてもね。だから、やめてくれないかい？」

戸塚はいかにも不機嫌ですとばかりの様子で俺へと近寄ってきた。それによって見つめ合う形に……いや、睨み合う形になった。

他の奴らの様子を確認するためにチラリと視線を向けると、宮野達はオロオロと困惑した様子を見せ、咲月も同じく。だが、翔吾さんと葉月は冷静な様子で咲月の手を握り、巻き込まれないようにするためか一緒に少し離れた位置へと下がっていた。普段はうざいだけの姉だが、こういうところで前に出てこないだけの空気は読めるからありがたいな。

「ああ、悪口か。まあ、そうだな。悪かったな」

悪口ではなく事実として情報の共有をしただけなんだが、聞き手によっては悪口になるか。まあ俺の感想や考えも入ってたし、これは俺が悪かったかもな。少なくとも、こんなところで堂々と口にすることじゃなかった。

「ただ、面識はあるだろ。もっとも、そっちが俺だと認識してるかどうかは知らないけどな」

「君と面識？　……悪いけど、思い出せないな。いったいどこで会ったというんだい？」

こいつは俺のことを知らないみたいだが、一度だけだが俺達は顔を合わせているんだ。名前だって紹介してもらった。

「世界最強」

「っ！」

ニーナの名前を出すと、戸塚は目に見えて反応を示した。だが、それはある意味当たり

前の反応だ。他の『勇者』達だって、おそらくこいつと同じような反応をするだろう。

何せ、これまで現れた『勇者』は、全員がニーナに負けてるんだから。どれだけ腕自慢をしようが、どれだけ功績を残していようが、どれだけ世間からの評価が高かろうが、その全員がニーナに負けているのだ。過去に築いてきた評価やプライドが高ければ高いだけ、その負けは大きな傷となっていることだろう。

「――に、会った時だ。お前が戦っていたのを見ていたし、研究所で顔を合わせたこともある。もっとも、一回だけ、それも少しの時間だったけどな」

以前……二年ほど前だったか。ニーナを抑えるための役になれないかと、当時新たに『勇者』になった戸塚はニーナと戦うことになったのだが、その時には俺もいたのだ。万が一戸塚がニーナを怒らせた場合、それを相手する必要があるってことでな。

その時に佐伯さんから紹介されたのだが、どうやら覚えていないらしい。

「……そうか。君は『生還者』か」

「その呼び方はやめてくんねえか？　堂々と言われると恥ずいんだよ。ガキじゃあるまいし」

称号、二つ名、別号、異名……なんでもいいが、呼ぶ方はいいとしてもつけられる方は恥ずかしいもんだぞ。しかも俺の場合『勇者』みたいな公式じゃなくて、冒険者達が呼んでる非公式なもんだし、まるで自分から名乗ったみたいで大分恥ずい。

「ところで、『氷剣の勇者』がどうしてこんなところに？　ライブだ収録だ、って忙しいんじゃないのか？」

と、名前から話を逸らすためにこちらから話を振ってみることにした。まあ、理由なんて知ってるけど他にいい話題がなかったんだから仕方ない。

「そうだね。本来ならこんなところに来てる時間はないんだけど、今日は特別だ。知ってるだろうけど、明日は僕のイベントがあるからね。その打ち合わせだよ」

「そうか。じゃあ、仕事で忙しい中時間を取らせるのは悪いな。俺達はここで失礼させてもらうよ」

これ以上話をしていてもお互いに気分が悪くなるだけだろうからと、葉月達に手と目線で合図をしてさっさと離れようとしたのだが、そうはいかなかった。

「待つんだ。──ああ、君に言ったわけじゃない。君はそのまま帰ってくれて構わないが、そっちの少女には話があるんだ」

「少女？」

呼び止められたことで、その場を去ろうとしていた俺は戸塚へと振り返った。

戸塚は宮野達を見ているが、少女とは四人のうち誰のことだ？

「『天雷の勇者』、宮野瑞樹。君に話があるんだ。どうかな？　ちょうど時間も時間だし、ランチでも食べながら話をしないかい？」

「話ってナンパかよ」

誰に何の話があるのかと思ったら、宮野をナンパかよ。勇者のやることじゃないだろ。いや、こいつはアイドルだし、そんなもんか？

「ナンパじゃないさ。これはスカウトだよ」

「スカウト、ですか？」

声をかけられた宮野は戸塚の言葉の意味がわからず、首を傾げつつ問い返した。

「ああ、そうさ。君には人を惹きつける力がある。それをただの冒険者として浪費するのは無駄だろう？　だから、どうだい？　僕と一緒に活動しないか？」

スカウトといえば聞こえはいいが、要は引き抜きってことか。しかもお前のチームにって、お前ソロだろ。

「俺の教え子に何ふざけたこと抜かしてんだ」

戸塚の視線を遮るように、宮野達と戸塚の間に割り込むように前に出ていく。

「教え子？　……ああ、教導官制度か。だったら、その役は僕が代わろう」

「え？」

「僕が君の……君達の教導官となって教えよう。それなら問題ないだろう？」

戸塚からの突然の提案に、宮野はどうすればいいのかわからないようで混乱した様子を見せた。

「え、あ、いえ。あの、私は……」

「どうしたんだい？　何を悩む必要なんてあるんだ。『勇者』である僕が直々に教えてあげようっていうんだ。新しく『勇者』となった君としても得だろう？　ああ、友人のことを気にしているのかい？　そちらは気にしなくていいよ。彼女達も僕が面倒を見てあげるから。聞いた話だと、彼女達もなかなかやるようじゃないか。見た目も十分に足りているし、問題ないよ」

どう答えればいいのか迷ったように言葉を紡いでいた宮野だが、その邪魔をして戸塚が話す。

だがその内容は、浅田達をおまけ扱いするという、あまりにも失礼なものだ。当然ながらその言葉を聞いた浅田達三人は顔を顰め、仲間を貶された宮野はそれまでの混乱した様子を引っ込め、戸塚を見据えてはっきりと口を開いた。

「いえ。提案はありがたく思いますが、私は伊上さんから学ぶのだと決めていますので。申し訳ありませんが、お断りさせていただきます」

「……は？　それは、君、何を言っているのかちゃんと理解しているのかな？」

まさか断られるとは思っていなかったのだろう。戸塚は一瞬だけポカンと訳がわからなそうに呆けた面をした後、眉を顰めて宮野へと問いかけた。

「はい。私にとって、伊上さん以上に教えを乞うに相応しい方はいません」

「……僕が教えてあげるというのがどれほど貴重なことなのか、理解していないよう──」

「理解しています。現役の『勇者』の方に教えてもらうというのは、貴重な機会でしょう。もう今後訪れないかもしれません。ですが、それでもお断りさせていただきます」

先ほど自分の言葉を遮られた仕返し、というわけではないだろうが、今度は宮野が戸塚の言葉を遮り、拒絶の意を示した。

「……そうかい。君の考えは理解した。けど、それを一人で決めてしまってもいいのかな？　せっかくの『勇者』に教わる機会。友達からその機会を奪うことになるんだよ？」

宮野がダメならその仲間から引き込もうと考えたようで、戸塚は先ほどまでおまけ扱いしていた浅田達へと標的を定めたようで声をかけた。

「え？　別にあたしはあいつで満足してるし。ってか、むしろあいつじゃないと嫌なんだけど？　それに初対面でナンパしてくる人から教わりたいとか思わないし。しかも、あたしらおまけなわけでしょ？　嫌に決まってんじゃん。バカなの？」

「そもそも、教導官になってほしいと引き留めてるのはこっち」

「えと、あの……すみません……」

だが、声をかけられた三人は、全く迷うことなく戸塚の提案を蹴った。

まあそうだろうな。普通のミーハーな学生なら戸塚というアイドルに乗り換えることはあったかもしれない。

だが、こいつらは真面目に『冒険者』という在り方に向き合ってるんだ。アイドルなんて余分をやってる奴に靡くような奴らじゃない。

――と、そうは思っていたが、それでも戸塚の提案を蹴って俺に教わりたいとはっきり言われると、何というか嬉しいものがあるな。

「そもそも、冒険者としては三流なお前が、何を教えるってんだ？」

だからだろうか。こんなふうに挑発紛いのことを口にしたのは。

「三流だと？　ふざけたことを言うものだね。三流というのなら、君の方がよほどそうじゃないか。何せ、君はたかが三級の冒険者だろう？　特級の……それも『勇者』の教え役としては不足すぎるんじゃないか？」

「特級のゲートを一つも攻略できてない偽者勇者よりも、成し遂げた戦果は俺の方が上だけどな」

俺は望んでいたことではないとはいえ、特級のゲートを攻略したことがある。それに対してこいつは今まで一つも攻略したことがない。その点だけを見れば、俺の方が『上』だと言えるだろう。

「な、んっ……お前っ！」

「どうした。図星だったからって怒るなよ。有名な話だろ？　『氷剣』は臆病で実力不足だからアイドル活動に逃げてるんだって話は。初めての特級ゲートでは同行者を死なせて、自分も死にかけて失敗したんだもんな。そりゃあ怖いか」

世間ではこいつのアイドルとしての話しか知られていないが、経験を積んで情報を集めるようになった冒険者にとってはよく知られていることだ。『紛い物の勇者様』ってな。

「黙れ！」

そんな俺の言葉を、戸塚自身よく理解しているのだろう。だがそれを他人に指摘されるのはよほど気に入らないようで、鞘をつけたままではあったが帯びていた剣で殴りかかってきた。

だがその攻撃は、咄嗟に割り込んできた宮野が剣の腹を殴ったことで逸れることとなった。

「っ！　このっ……」

攻撃を止められたことで戸塚は眉を顰めながら宮野のこと見たが、それでも宮野は目を逸らすことなく戸塚の顔を見つめ返している。

「……教え子に守ってもらってる分際で、何を教えるって言うんだ？」

宮野が動じることなく見つめ返してきたからか、戸塚は若干怯んだように宮野から視線を外して俺へと話しかけてきた。

「ダンジョンでの生き残り方だ。お前みたいに怪我しないためにな」

「……はっ。三級程度にそんなことができるものか」

「できてるから俺は教導官になってんだよ。ちったあ考えてものを話せよ」

そう話してやれば、戸塚は憎々しげに俺のことを睨みつけてくる。

だが、少しは冷静になったのか、先ほど振るった剣を腰に戻してから改めて口を開いた。

「君のことは知っているさ。どんな状況でもあらゆる手を尽くして生き残る、と。だが、あらゆる手を尽くすということは、そうしなければ勝てないということだろ？　力ある者が正義である冒険者には相応しくないんじゃないかな？」

「冒険者にとって正義なのは、力ある奴じゃなくて、最後まで生き残ったやつだろ。どれだけ力があろうが、隆盛を極めようが、死ねばそれまで。死んだ時点で敗者だ。だから、生き残った奴が正義だろ。たとえそれが、地面を這いつくばってようと、泥に塗れようとな」

だからまあ、そういう意味ではこいつは正義だ。何せ、死ぬかもしれない危険から逃げて上手く立ち回ってるんだからな。もっとも、その事実は本人にとっては気に入らないものだろうが。

「そんな泥臭い戦い方なんて教えて何になるって言うんだい。『勇者』とは平和や安心の象徴だ。人々の期待を裏切らないように、安心させるための役割を求められているのが『勇者』だ。ただ戦うだけの時代は終わったんだよ。人前に出てみんなの耳目を集め、希望となる。それが今の『勇者』の役割だ」

時代が変わった、ね……。まあ確かに、力のない一般人を安心させるため、というのは『勇者』の存在理由としては間違っていないだろう。だが、それは『勇者』の本質じゃない。

「まあ、人々を安心させるため、ってのは間違いじゃないな。でも、それは後付けの理由だ。元々はゲートを破壊し、人間の生活圏を守るために『冒険者』なんてものができた。そして、民衆を安心させるための後押しとして、一部の力ある者に『勇者』なんて名を与えた。つまり、まずは冒険者としての実力があることが前提なんだよ。いくら目立とうが、ゲートを壊せず、人々を守れず、自分も生き残ることができない程度の奴はお呼びじゃねえよ」

敵を倒し、ゲートを破壊する姿に安心を得たからこそ、人々は『勇者』なんて特別な存在を見出したんだ。

もっとも、今ではゲートという脅威に対処できるようになり、一般人にとって化け物達の脅威は身近なものではなくなった。だからこそ、『勇者』の意味も変わっている……というか勘違いしている輩が出てくるんだろうな。

「文句があるんだったら、『勇者』として特級のゲートの一つでも破壊してから言えよ。それからなら話を聞いてやるぞ。『偽者の勇者』様」

「おっ、まっ！　このっ……！」

陰で言われながらも直接言われたことはなかったんだろう。戸塚は俺の言葉を聞くと怒りを露わにし、今にも殴りかかって来そうな様子を見せている。

「お父様！」

あわやそのまま戦闘になるかといったところで、俺達に向かって可愛らしく明るい声がかけられた。その声には聞き覚えがある。通常時ならこんな場所にいないであろう者の声だ。

聞こえてきた明るい声の主は、俺に向かって『お父様』などという仰々しい呼び方をしていることから分かるだろうが、ニーナだ。

外行き用として、普段は真っ白な髪を黒く染めたニーナがこちらに向かって小走りで駆け寄って来ている。

「――は？　ま、さかっ……！　嘘だろ⁉　何でこんなところにっ……！」

だがそんなニーナの声に最初に反応したのは、俺でも宮野達でもなく、過剰なほどの反応で声のした方向へと振り向いた戸塚だった。

「？　お父様。こちらのこれは、どなたでしょう？」

「これか？　これは前にお前を倒しに行ったうちの一人なんだが、覚えて……ないみたいだな」

ニーナは俺に声をかけたにもかかわらず、最初に反応したのが別人だったことで少しだけ不機嫌そうな様子を見せている。

その様子からは、戸塚のことを全く覚えていないのだと理解できた。そのせいで〝これ〟呼ばわりだ。

だが、それも仕方ないだろう。何せ、ニーナにとっては自分の遊び相手にすらなれないような相手など、全員無価値であり興味を持つ対象ではないのだから。

新しい『勇者』になったからと調子に乗って格好つけた挙句一瞬で負けて逃げ出した戸塚など、その辺の有象無象と同じだろう。

「倒しに？　……ああ。時折来た暇つぶし相手でしたか。でも、このような者がいましたか?」

というか、戸塚だけではなく他の『勇者』達もだが、そもそも戦いの相手と認識すらされていなかったようだ。本人達は必死だっただろうに、なんというか、哀れだな。

「いたんだよ」

「そうでしたか。まあ、記憶に残らない程度の者だったのでしょうし、気にする必要はありませんね。いざとなれば燃やしてしま――」

燃やしてしまえばいい。おそらくそんなことを言おうとしたのだろうが、以前に俺と約束した『無闇に人を傷つけてはならない』という事を思い出したのか、ニーナの言葉は途中で止まった。

「燃や……もや……もやもやします」

言葉を止め、オロオロと迷った挙句ニーナの口から出てきたのはそんな言葉だった。それはどっちの意味だよと思って苦笑したが、それでも俺との約束を守ろうとしてくれていることは素直に嬉しいと感じた。

「まあ、何かやるのはお前に害を与えられた場合だけな。その場合でも手だけとか足だけにしとけ。最悪でも、殺しはするなよ」

「はい。そこは絶対に守ります!」

笑みを浮かべながら力強く頷いたニーナの頭に手を乗せ、軽く撫でる。

「伊上君。良かったよ、すぐに見つかって。ケータイを鳴らしても出てくれないからどうしようかと思ったところだ」

「あー、すみません、佐伯さん。気づきませんでした。少々面倒があって……」

「それは、あちらの勇者様のことかい？」

「ええ、まあ」

ニーナの後からゆっくりと歩いてきたのは、『研究所』で主任をしている佐伯さんだった。俺と一番親しくしているからだろうが、よく主任なんて立場の人が来たな。……いや、むしろ主任だからか。何せニーナに何かあった場合は大変な事になるし、責任を取れる人がいないとだろうからな。

「お前は……確かあの牢獄の主任？　なんでこんなところに？　しかもそんな化け物まで……なんのつもりだ？」

戸塚は先ほどまでの取り繕ったような態度ではなく、おそらくは素なのであろう態度で佐伯さんに問いかけている。そんなふうに態度が変わっているのは、それほどニーナのことが気になっているからなんだろう。

「牢獄じゃなくて研究所ね。まあ、中にいる者達からしてみれば、大差ないか。それで、なんのつもりか、だっけ？　そう言われてもねえ。この子は伊上君の養女となったからね。父親が関係してる文化祭に来るのは不思議じゃないだろう？　僕はまあ、その送迎役ってところだよ」

「父親？　それが父親だって言うのか？」

戸塚は佐伯さんの言葉に引っかかったのか、眉を顰めながら俺へと視線を戻してきた。

だが、俺が悪様に言われたのは理解したのか、ニーナは戸塚へと敵意を向けた。

そのままでも問題にならないかもしれないが、なるかもしれないので、俺はニーナを抑えるために手を握った。

ニーナは俺のことを見上げてきたが、その顔は不満そうだ。だが、大人しくしているので戸塚をどうこうするつもりは無くなったのだろう。

「そうさ。一応勇者には全員通知は送ったはずだけど……見ていないのかい？」

「……あいにくと、忙しいものでね」

忙しいなんて言ってるし、忙しいことは忙しいのだろうが、多分『世界最強』に関することは読んでないんだろうな。世界最強に関する通知、なんて言っても、基本的には誰が挑んで負けたって話だけだし。多分今回もその類だと思ったんだろ。確認するだけ無駄だ、ってな。

あるいは純粋に信じていなかったかだが、まあどっちでもいい。

「それで。なぜその男が父親なんかになってるんだ？　そんな三級如きが」

「彼しか抑えられる人がいないんだから仕方がないだろう？　他の誰にも、君にもできなかったことだ」

ニーナを抑えることを〝君にもできなかった〟と言われたことで、戸塚はギリッと歯を食いしばって俺のことを睨みつけたが、ニーナに睨まれたことでビクリと反応した。そして、そのまま何も言わずに去っていった。

「はあ。やっと行ったか」

「お父様。アレは処理してはダメなのですか？」

「ダメだ。あれでも大事な役割があるからな」

俺との約束を覚えているのにここまで言うってことは、相当頭にきてるな。もしかしたら、本当に〝やらかして〟いたかもしれない。抑えられて良かった。

「大変だねぇ。でも、何だって彼に絡まれたんだい？」

「あー、なんでも、宮野を自分のアイドル活動に参加させたいようですね。そのために教導官の立場を代われ、と」

戸塚がいなくなったことで一安心と言ったところか。とりあえず、少し佐伯さんと話をするから宮野達に離れてもらうか。宮野は佐伯さんが苦手みたいだし、俺達の会話は聞いていて気分の良いものじゃない話も出るかもしれないからな。

そんなわけで、宮野達へ顔を向け、手振りだけで少しの間離れてもらうことに。

俺の合図に頷き、離れた宮野達は、距離をとっていた咲月達と合流し、この場には俺とニーナと佐伯さんの三人だけとなった。

「それはなんとも……ご苦労様。君が今の立場にいるのは上の考えだから、彼が何を言おうと、何をしようと、君が教導官から外れることはないから安心していいよ」

「いや、それはそれで安心できないんですけど」

俺としては冒険者なんてやめたいのに、どう足掻いてもやめることができないだなんて、安心できる要素が全くない。

「彼は彼で能力はあるんだけどねえ」

戸塚が去っていった方向を見ながら佐伯さんがため息混じりに呟いた。

「知ってますよ。宮野と同じ剣も魔法も使える万能型。戦い方は名前の通り氷の剣を生み出して操るもので、万能型とは言っているけど実際の戦い方はどちらかと言ったら魔法より。先天性覚醒者で、勇者になったのは二年前。過去にはいくつもの一級ゲートを単独で攻略している」

これが戸塚の基本的な情報のはずだ。そこに趣味嗜好やアイドルとしての経歴などを付け加えろと言われると流石にわからないが、俺にとって重要なのは冒険者としての情報なので、他はどうでもいい。

「そうだね。けど、言ってしまえばそこまでだ。一級をどれだけたくさん攻略しようとも、特級ゲートはおろか、イレギュラーの討伐経歴は一つもない。君とは違ってね」

「俺も倒したくて倒してるわけじゃないんですけどね」

　できることなら俺もイレギュラーの討伐経歴なんてない方が良かったんだけどな。それならこんな面倒な立場になることもなかっただろうし。

「ま、こっちでも多少なりとも手を打っておくよ」

「ああ、はい。ありがとうございます」

「ただ、それで絶対に止められるってわけでもないからそこは注意しておいてくれよ。君の立ち位置というのは、大々的にできるようなものでもないんだから、止めるにしても『勇者』の動きを完全に封じるなんてことはできないんだし」

「ええ、まあ、わかってます」

　後で腹いせに何かやってくる可能性があるから気をつけろってことだよな、これは。まあ、あんなプライドの塊が馬鹿にされたまま終わるわけがないし、何かやらかしてくるだろうなとは思っている。

「それじゃあ、まあ、あとはその子の相手を頼むよ。電話で言っていたように、出店の方はもう終わってるんだろう？」

「そうですね。午前だけだったので、午後からは空いてます」

「一応少し距離を離して護衛はつけさせてもらうけど、よほどのことがない限りは好きにしてくれて構わない。時間も、今回は移動以外で三時間取れたからね」

「いいんですか？　いえ、こっちとしては喜ばしいことですけど」

普段はニーナの外出なんて二時間程度なものだし、それだって移動を含めた時間だ。それが今回は移動時間を抜きで三時間となると、大体倍くらいに延びたと言えるだろう。

「まあね。『天雷の勇者』と親睦を深めるためと言えば割と簡単に通ったよ。上としては、君以外にもあの子を止められる者が多くなるに越したことはないからね」

「そうですか。宮野以外とも仲良くなってくれるといいんですけどね」

今のところ、ニーナは俺以外に宮野のことを気に入っているが、他のチームメンバーである三人のことは別だ。浅田達三人は、『宮野の仲間』だから相手をしているに過ぎない。

それは自分が力を使った時に巻き込まれて死ぬと嫌だからという理由なので、仕方ないといえば仕方ないのだが、それでもニーナにはもっと『親しい』と言える存在を増やしてほしいと思っている。

「瑞樹以外に……」

ニーナが小さく呟いたのでその顔を見てみたが、シュンと落ち込んだような表情をしている。自分のせいで迷惑をかけていると思いでもしたのだろう。

だが、友達を作って欲しいとは思ったが、それを強要するつもりはない。だって、親から言われて友達を作るなんておかしいだろ。俺の考えでニーナが落ち込む必要はないんだと示すために、軽く頭を撫でた。

「それから、この間の君の入院の件も関わってくる。あの件で大怪我をさせることになったから、その償いとしての意味合いもあるようだよ」

入院の件とは、この間のクラゲ型イレギュラーの事だろう。あれは国のお偉方の一部も関わっていたみたいだし、そのせいで死にかけたことに対する補填というか、ご機嫌取りとしてニーナの――娘の外出時間を増やしたようだ。

「そんなことをしなくても、ごねるつもりはないんですけどね」

「かもしれないけど、上としては保証が欲しいものなんだよ。ただでさえこの間のは上でも面倒になってるんだ。ちょっとしたことで君の機嫌を取れるなら、その方がいいと判断した。というか、そう誘導した」

無償の口約束は信じられないか。だから対価を支払って黙らせる、と。

まあ、時間が延びたのは素直にありがたいからいいけど。

「それは、どうもありがとうございました」

「いいよ。どうせ時間を取ったと言っても今日だけで、明日は無理なんだから。それに、僕にとっては大した苦労じゃないしね。苦労するのは他の人達だから。でもまあ、恩を感じてるんだったら、反乱したりなんてしないでくれよ?」

「そんなことしたら国を相手にすることになるでしょうに。そんなことしませんよ。……身内が傷つけられない限りは」

「ああ。そこはこちらでも気をつけてるし、これからも気をつけさせていくよ」

佐伯さんはそれまでの砕けた態度とは違い、真剣みを帯びた表情で頷きを返してきた。

「っと、まあそんなわけだ。これ以上話をしてると燃えかすになっちゃうし、そろそろ離れるとするよ。三時間後にまたここに来てくれ」

「わかりました」

「それじゃあ僕はこれで……っと、あー……」

再び砕けた態度へと戻った佐伯さんの言葉に頷き、ニーナを連れての自由行動となると思ったのだが、どうやらまだ何かあるようだ。

「……？　どうかしましたか？」

「いや……いや、そうだな。あまり時間を取らせるのもあれだし、今日くらいはと思ったけど、やっぱり言っておいた方がいいかと思ってね」

佐伯さんは言うか言うまいか少し迷った様子を見せたが、最終的には言うことに決めたようで改めて俺へと向き直った。

「言うまでもないことだろうけど、気をつけてくれよ」

「……何かあったんですか？」

「さっきも少し言ったけど、この間の件で面倒なことになってるんだよ。ほら、色々と捕まえただろう？　その時に、ちょっと聞きたくなかったことが聞けたようでね。その報告というかなんというか……」

「それって話しても大丈夫なことですか？」

何か言いたそうにしていたから聞いてみたが、聞かなければよかったと少しだけ後悔が湧いてきた。

佐伯さんの様子から、どう考えても厄介ごとにしかならない気配を感じつつ、できることなら話を聞かずに済まないかと思って尋ねたのだが……

「君になら、ね。幸いには僕も覚醒者で、二人分を……ああいや、三人分か。まあその程度囲う程度の遮音ならできる。ついでに君の身内しかいないから盗み聞かれる心配もない」

　当然ながらと言うべきか、俺の言葉などなんの意味をなさず話を聞くこととなった。一応ニーナも一緒にいるのだが、そこは気にしないようだ。まあ、ニーナは存在自体が機密だし、暮らしている場所が場所なんだから、何かを聞かれたところで今更だろうな。

「それでも、そう簡単に話さないで欲しいんですけどね」

「はは、簡単じゃないさ。君だからこそ話すんだよ。それにこれは、君は聞いておいたほうがいいと思うよ」

　聞きたくないが、そう言われると聞かないわけにはいかない。そもそも最初から拒否権なんてないんだ。だから、仕方ない。覚悟を決めて話を聞くか。

「それで本題だけど、例の捕まえた奴ら、『救世者軍』の一員だったみたいなんだよね。一部といっても、正式なメンバーというよりは外部協力者って感じだけど、まあそれで何をしてたかっていうと、モンスターを用いての人類滅亡だそうだよ」

　人類滅亡、だなんて言うと大袈裟だが、それは『救世者軍』の目的としてはなんらおかしくないことだ。あいつらはそんな馬鹿げたことを本気で願ってるし、そのために行動しているのだから。

　協力者達はそんなことを願っていなかったんだろうし、『救世者軍』のことを利用するだけのつもりだったのかもしれないけど、逆に利用されていたというわけだ。よくあるといえばよくある話だな。

「だが、それは計画の一部でしかなかった。と言うより、初めからあれで片がつくとは思っていなかったみたいで、次の策があったみたいなんだよね。この間のがモンスターの使役。そして次のが、モンスターの……ひいてはゲートの創造」

「まさかっ！」

佐伯さんの言葉に、俺は思わず声を荒らげてしまった。それでも魔法によって音が漏れないようにしているおかげで誰かに聞かれることはなかったのだろうが、俺の動きは外から丸見えなので、宮野達が心配そうにこっちを見てきた。

繋いでいるニーナの手からはギュッと力が込められ、見上げてくる顔は心配そうにしている。

そんな宮野達やニーナのおかげで少しは冷静さを取り戻すことができ、一度深呼吸をしてから佐伯さんへ視線を戻して話を続けることにした。

「さあ？　だが、それを本気で計画に組み込んでいたということは、可能性がある、ということだろうね。少なくとも、計画として考えることができる程度には何かを見つけたんだろうと考えている」

……それは、そうなのかもしれない。なんの見込みもないまま計画を立てる奴も、それを実行する奴もいるわけがないんだから。

「そして、『ゲートを作ることができる』という仮定で考えていくと、ゲートに関してとある仮説ができたんだ」

佐伯さんはそこで一旦言葉を止めると、今まで以上に神妙な様子で口を開いた。

「結論を言うと、『冒険者が存在していることでゲートが開く』ということだ」

そうして吐き出された言葉を、俺は一瞬理解することができなかった。だってそうだろ? ゲートを処理している俺達が、逆にゲートを増やすことになっているんだから。

「は?　い、いや、ちょっと待ってください!　それだと順番が違うでしょう。最初にゲートができた。それから冒険者……覚醒者が生まれたんだから、それはおかしいはずです」

今の冒険者やダンジョンなんて仕組みは、昔はなかった。ある日突然ゲートが現れ、それに伴って覚醒者なんてものが現れ始めた。それが常識だ。

「それは違う。確かに今みたいに冒険者、覚醒者と呼ばれる存在はいなかったさ。でも、いただろ、昔からさ。特殊な力を持った存在が。超能力者、エクソシスト、あるいは陰陽師。彼らだって、立派な覚醒者さ。力の大小はあれどね」

「それは……」

確かに、昔からそういった特殊な存在はいたといえば、いた。身近なところで言えば安倍の家がそうだ。あの家は陰陽師の家系。あいつ自身は末端だといっているが、実在していたのは事実だ。

「ゲートだって『神隠し』と言うこともできるし、モンスターは『謎の飛行物体』や『UMA』と言うことができる。昔から、大小はあれど同じような状況は出来上がっていたんだよ。ただ、表には出てこない状態でバランスが取れていただけで。これはそのバランスを保っていた何かが、どこぞの国の失敗によって崩れてしまったことで特殊な存在が増えた、と言うだけの話さ」

佐伯さんの話は、筋が通っているように思える。

しかし、その言葉には容易に頷くことはできない。今までの常識が覆されるのだから当たり前だ。

「君が言ったように、最初にゲートが出現し、それを冒険者が片付けたという順番から考えるとそれが順当な考えだと思える。けれど、実際にはどちらが先なのかはわかっていない。一度逆なのかもしれないと考え出すと、その考えを捨てることはできなくなるんだ。むしろ、そうであれば納得がいくこともある」

「納得、ですか……」

「そう。まあその辺を詳しく説明すると、魔力とはなんなのか、という話になって長くなるから省略するけど……最初に言ったように、結論としては冒険者が増えたからゲートも増えるという考えは、ただの冗談ではないかもしれない、ということだよ」

「ですが、それはまだ確証はないんですよね？」

そう。これはあくまでも仮定の話のはずだ。覚醒者とゲートは昔から存在していた。それはいいとしても、だからと言って覚醒者がいたからゲートが生まれたとは言い切れないはずだ。

「まあね。ただの推察さ。そう考えることもできる、というだけだよ。確証はない。……ただ、言うまでもないだろうけどこの街には冒険者が多い。何せ学校なんてものがあるんだからね。そんな街で、去年も事前に観測できなかった突発的なゲートが発生してるし、三つ同時になんてことも起こってる。他の場所でも冒険者の多さに比例してゲートの発生件数は増えているわけだし、ただの憶測や可能性、噂話だと切り捨てることはできない」

……確かに、この街は異常が多いと言えるだろう。でも、なら覚醒者のせいでゲートが発生するというのは……本当、なんだろうか？

「でも、結局はどこまで行っても可能性だ。何せ確証となるようなものはなにもないんだからね。ただそれでも、警戒はしておいた方がいい。冒険者の強さが影響するのかはわからないけど、今のここには勇者が二人と世界最強なんて存在がいるんだから。その他にも、特級がいるわけだしね。覚醒者がゲートを生み出すのか、ゲートが覚醒者を生み出すのかははっきりしていないけど、関係性があるのは間違いないんだかね」

この間イレギュラーに遭遇したばかりだからまだしばらくは大丈夫だろうなんて考えたが、もし本当に佐伯さんの話した通りであるなら、覚醒者が集まっているここはかなりの危険地帯だ。文化祭の最中に武器を持つなんて無粋だが、装備はしっかりしておいた方がいいだろうな。

幸いというべきか、ここは冒険者の学校で、今は文化祭中だ。装備を整えていてもそれほど不思議には思われないだろう。

「わかりました。一応、装備は持っておくようにしておきます」

「うん。そうするといい。何か異変が起きるにしても、君の娘がいる今日であればすぐに問題が片付きそうだからありがたいと言えばありがたいんだけど、そういうわけにもいかないだろうからね」

「そうですね。流石にニーナを毎日連れ回すことはできないでしょうし」

佐伯さんの冗談めかした言葉に小さく息を吐き出してから、軽い笑みを浮かべて答えた。

「だねえ。多少なりともマシになったとは言っても、まだまだ僕達にとっては〝以前〟と同じだ。あくまでも今日が特別なだけだよ」

「ええ、はい。わかってます」

そうして俺は胸の中に一抹の不安を残しながらも佐伯さんと別れ、ニーナを連れて文化祭を回ることとした。

……何も起きなければいいんだけどな。

文化祭を案内する前に、まずはニーナのことを紹介し、ニーナにも咲月のことを……ついでにその母親の葉月のことも紹介するために、ヤスに頼んでスタッフエリアを貸してもらった。

「――それで、浩介。このめっちゃ可愛い子はどこの子？」

その場所について椅子に座るなり、葉月が俺と手を繋いでいるニーナへ視線を向けて問いかけてきた。まあ、そりゃあ気になるか。

距離をとったせいで戸塚との話も聞こえていなかったみたいだし、宮野達も話していないみたいだし、俺が説明するしかないか。

「あー、話すと色々とめんどくさいんだが……」

自分の事をなんと紹介するのか気になっているのか、ニーナは目をキラキラさせて、だがどこか不安そうな色を混ぜて俺のことを見上げている。

「俺の娘だ」

そんなニーナを安心させるように、はっきりと口にする。

俺が自分の娘だと紹介すると、よほど嬉しかったのだろう。ニーナは目を輝かせてパッと花笑みを浮かべた。

「……え？　娘？　娘って……美夏ちゃんの子、じゃあない、よね？」

俺の過去を知っている葉月は、『俺の娘』と言う言葉に疑問を持ったようだが、その言葉に頷きさらに説明を付け加える。

「ああ。娘って言っても、養子だ。血は繋がってない」

「養子……」

「まあ色々あるんだよ」

その『色々』の部分を話すつもりはないが、俺の過去を知っている葉月なら踏み込んではこないだろう。

「え、あの、でも、叔父さん。一緒に暮らして、ないですよね？」

だがそこで咲月が不思議そうに問いかけてきたが、俺の家に暮らしているこいつからしてみれば当然の疑問だろうな。何せ娘であるはずのニーナは俺の家に暮らしていないどころか、一度も顔を合わせたことがないんだから。

「その辺も色々あるんだよ。ただまあ、とりあえず自己紹介といかないか？　お互いに名前すら分かってないだろ」

「あー、ね。まあ、そうねー」

咲月の疑問について、ニーナの詳細は話すわけにはいかないので軽く流し、葉月がそれに乗るように頷いた。

「この子はさっきも言ったが俺の娘のニーナだ。そんなに会う機会はないだろうけど、まあ仲良くしてやってほしい。……ああ、ついでにニーナは十四だから、咲月と同い年だな」

「は？　……え、十四？　この子が？　うっそー。絶対もっと上でしょ……」

「嘘なんてつくかよ」

ニーナが十四歳ということが信じられないのだろう。葉月は目を見開いてニーナのことを見つめている。

「ニーナ。こいつは俺の姉で、こっちがその娘だ」

「浩介の姉の桜木葉月って言います。ニーナちゃん、でいいのかな？　養子って言っても、浩介の娘ってことは私の姪ってことになるんだし、仲良くしてくれると嬉しいかな。んで、こっちが旦那の翔吾さん」

「僕は桜木翔吾です。浩介くんの娘ということはこれから接することもあると思うから、よろしくね」

葉月が無駄に突っ込んで聞いてくるようなら面倒だなと思っていたが、その辺は流石に空気が読めるようで無駄なことは何も聞かず、ただ普通に接してくれている。

翔吾さんも、軽く挨拶をしただけで特に何も聞いてくることはなかった。まあ、この人に関しては何にも心配してなかったけどな。葉月と違って有能な人だし。

「はい。よろしくお願いいたします。ニーナと申します。私には事情がありまして無作法をなしてしまうこともあるかと存じますが、その際は申し訳ありません。あらかじめ謝罪させていただきます」

「……うわぁ。なんかすっごいいい子なんだけど……どっかのお嬢様だったりする？」

仰々しいとも言えるニーナの言葉遣いに葉月は驚いた様子を見せ、顔を俺に向けて問うてきた。

「日本のことを頑張って覚えたらこうなったらしい」

「あー、やっぱ外国の生まれだった感じ？」

「まあそんなとこだ。それより、咲月。お前も自己紹介しとけ」

「うへいっ！」

なんだその返事？

俺としては普通に声をかけただけなのだが、咲月はなんだか訳のわからないおかしな声をあげて反応した。

「こりゃあ、あがってるね。まあこんだけお嬢様風美少女に挨拶ってなったら、緊張もするよねー」

「の、割にはお前は普通だったろ」

「そりゃあね。だって年下だし。自分の半分以下しか生きてない相手に、なにビビる必要があるのよ。取引先に電話する方がよっぽど緊張するってもんでしょ」

失敗したらまずい仕事関係と、失敗してもどうとでもなる家族間の話で言ったら、確かに緊張するほどのことでもないか。

家族の関係って言っても、これが親が再婚したとか、その連れ子が一緒に暮らすとかだったら緊張もするんだろうけどな。まあ、その場合でも俺達くらいの年齢になると緊張もしないだろうけど。

「あ、え、あー……わ、私は母の娘の咲月って言います！　不束者ではありまふがよろしくお願いします！」

噛んだな。咲月はニーナへ綺麗なお辞儀をしながら挨拶をしたが、緊張しすぎたのか台詞を途中で噛んでしまっている。

「はい。こちらこそよろしくお願いいたします」

だがそんな言葉であっても邪険にすることも馬鹿にすることもなく、ニーナは普通に微笑んで対応している。

しかしまあ、ニーナがこういう真面に誰かと接している姿を見ると、少しだけ嬉しくなるな。

「というわけで、まあ仲良くしろ。二人は血の繋がりはないけど、間柄で言えば従姉妹になるんだ。今後接する機会も増えるだろ」

「い、いとこ、ですか……」

咲月とニーナは従姉妹関係であると教えてやったのだが、咲月は口籠って視線を逸らした。

「嫌か？」

「んえ！　い、嫌とかじゃなくて、なんていうか……気後れ的な？」

そう言った咲月を見てからニーナへと視線を向けるが、ニーナは従姉妹になるということに何も感じていないのか、あるいは従姉妹になるということがどういうことか理解していないのか、キョトンとした様子を見せている。

そんなニーナから再び咲月へと顔を戻し、語りかける。

「ニーナは世間知らずなところがある。というか、ほとんど一般常識を知らない。生まれた日付け的にも、お前の方が早いし、姉としてニーナの面倒を見てくれると助かる」

「あ、姉？　私がニーナさんの？」

「ああ。ニーナも、こいつは俺の姪でお前の従姉になるんだ。養子だが俺の娘として名乗る以上は、俺の親族との付き合いも慣れておけ。とりあえず、こいつを姉と呼んでおけば今のところはそれでいい。なんだったら、本当の姉と思っても構わない」

「はい。わかりました。お父様」

ニーナは咲月のように怯んだ様子を見せずに頷いたが、それは俺が言ったから頷いただけだろう。やはり従姉妹になるということを理解していないのだと思う。

だが、最初はそれでいい。大事なのはニーナが咲月の事を身内だと……いや、怪我をさせてはいけない相手だと認識することだ。そう認識し、お互いを身内として呼び合い、触れ合っていれば、いつかはそれが本当になるから。

ニーナには、俺以外にも『人間としての関係』が必要なんだ。宮野のように遊び相手になれるから親しくする、遊び相手になれないのなら親しくしないのではなく、たとえ自分より弱かったとしても仲良くできるのだと知ってもらうために。

「そういうわけだ。それじゃあお互いに一回呼んでみろ」

「えっ⁉ い、今呼ぶの？」

「そうだ。ほら、三、二、一」

突然の俺の言葉に驚く咲月を急かし、同時にニーナも肩をポンと軽く叩くことで名前を呼ぶことを促す。

「ニ、ニーナ、ちゃん？」

「お姉様？」

咲月は、若干躊躇いがちにニーナの名を呼び、ニーナは俺が咲月を姉と思えと言ったからだろう。疑問形ではあったが、咲月のことを姉と呼んだ。

そうしてお互いに名前を呼び合った訳だが、名前の呼び方が違えばその後の反応も全く違った。

ニーナはこれでいいのかとばかりに俺の事を見上げているが、まあ最初はそれでいい。呼んで、接して、それで馴染んでいけばいいんだから。

問題は咲月の方だな。ニーナの名前を呼んだ後、咲月は驚いたように目を見開き、固まり、次第に頬が緩みニヨニヨと笑みを浮かべ始めた。

その百面相の意味はわからないが、まあ最終的には笑ったのだから喜んでいるのだろうとは思う。

「ママ」

「ん？　なに？」

「私、叔父さんの家の子になる」

「そうねー。私もそうなりたいなー」

フリーズしていた咲月が動き出したかと思うと、葉月とそんな会話をし始めた。どうやらニーナのことが気に入ってバグっていただけのようだ。

だからそれはそれでいいとしても……葉月、我がクソッタレな姉上様よ。お前がくるのはやめてくれ。咲月はともかく、葉月みたいな子供はいらない。

「お前みたいな奴が娘とか、やめてくれよ。そもそも俺より年上だろ」

「じゃあ、ニーナちゃんをうちの子にすればいい？」

「ダメに決まってんだろ」

こいつらがどれほどニーナのことを気に入ろうが、ニーナはどこかに養子に出せるような存在ではない。

だが仮に、もし問題がなかったのだとしても、流れとはいえ俺の娘になって、俺はそれを受け入れたんだ。だったら、そう簡単に自分の娘を手放すわけがない。

「ってか、色々ってなによ。どこでこんな可愛い子見つけたわけ？　はっ！　まさか援こ──」

「うっせえよ、アホ。はっ倒すぞ」

おかしなことを言いかけた葉月だが、それを遮って黙らせる。

しかし、葉月は無駄に楽しそうにニヤニヤと笑っている。その表情がなんともムカついて、ぶん殴りたくなる。

「まあ、ニーナちゃんはいいとしてもさあ……なんだってこんな可愛い子達に囲まれてるわけ？　女子高生四人とあんた一人って、明らかにおかしいでしょ。しかも全員可愛いし」

「俺だっておかしいと思ってんだよ。この仕事だって辞めようとしたんだっての」

「でもやってんじゃん」

「まあ、そこは色々と事情があってな」

国とのしがらみがあるから辞めようと思っても辞められないのだ。だがそれを話すわけにはいかないので誤魔化したのだが、それで絡んでくるのをやめるような性格ではないのがこの姉だ。

「さっきから事情ばっかりじゃーん。お前は裏の組織の一員かー？」

「そうだよ。実は国を裏から守ってる秘密組織の一員だ。だから詳しく聞くな」

「へえー。で、事情ってなに？」

「聞くなっつったばかりだろうが。話聞けよ」

流石に何度か繰り返せば話を聞こうとする気もなくなったようで、「はいはい」と葉月が言い、そこで話は一旦途切れた。

「あ、咲月〜。ジュース買ってきてくんない？　お金あげるからさー」

「え、やだけど」

と、そこでわずかに間を置いてから葉月が咲月へと頼み事をしたのだが、それは迷うことなく一瞬で断られている。

「なんで〜。いいじゃゃ〜ん」

「いや、だって、どうせこの後学校回るんでしょ？　その時でいいじゃん」

「うー、あー、まーそうなんだけどさー……」

咲月の言葉は尤もなのだが、どうしても今がいいのか、葉月は唸り声を出しながら考え込んでいる。

「いいよ、僕が買ってくるよ。……ああ、でも場所がわからないか。咲月、すまないけど、一緒に来てくれないかな?」

「むう~……仕方ないなあ。パパってば甘すぎぃ。もうちょっと厳しくっていいよ。あんなわがままなんて無視してもいいのに」

そう言いながら咲月と翔吾さんは離れていき、この場には俺とニーナと宮野達。それから葉月だけが残ることとなった。

だがこれ……今のってだいぶ不自然に感じたけど、咲月を追い出すためか? だがなんのために?

「で、えーっと、ところで、ニーナちゃんも覚醒者なの?」

「はい。そうです葉月伯母様」

「おばさま……そっか、そう、なるよね……」

ニーナから『おばさん』扱いされたからだろう。葉月は少し顔を顰めて落ち込んだ様子を見せた。

そんな『おばさん』の様子を見て、ニーナは狼狽え始めた。

「あ、あの、お父様? 私は何か失敗してしまったのでしょうか?」

「気にするな。そいつはおばさんって言われて年齢を自覚して落ち込んでるだけだ」

「『おばさん』じゃなくて『おばさま』ですぅー」

「どっちでもいいだろ。大して変わんねえよ」

　呼び方が多少変わったところで実態は変わらないんだからどっちでもいいだろうに。『伯母さん』じゃなかったとしても普通に『おばさん』って呼ばれる年齢なんだから気にすんなよな。もうちょっとしたら『おばあさん』になるんだし。

「それで、覚醒者なんだっけ？　強さってどれくらいなの？」

「一番上です」

　気を取り直した葉月の言葉に、ニーナは迷うことなくさも当然の事かのように答えた。だがそれは、純然たる事実だ。確かにニーナは『一番上』だ。それも、階級が、ではなく、実際の強さが、だ。何せこの少女は『世界最強』なのだから。

「一番上？　あーっと、特級ってやつだっけ？　あ、『勇者』とか？」

「まあそんなところだ。なんでそんなことを？」

　しかし葉月はニーナの言葉の意味を本当の意味では理解しておらず、俺はそんな葉月の勘違いを正すことなく話を逸らすことにした。

「うん、まあ、ね。ほら、咲月って二級でしょ？　生まれ的には咲月の方が上っぽいけど、何かあった場合は助けてもらえると嬉しいかなってね。性格的にもニーナちゃんの方がしっかりしてそうだし」

「まあ、どっちかって言えばニーナの方が姉って感じはするよな。生まれが早いって言っても、数ヶ月だけだし」

「ねー。まあでも、あの子も妹ができたみたいで喜んでるっぽいからさ、お前の方が妹だろ、なんて言わないけどね」

「妹……姉……」

目の前で何度も姉だ妹だと繰り返されているからか、ニーナも少しはそう言った関係を意識したようで小さく口にしている。

「まあ、ニーナも世間知らずで子供っぽいところがあるから、どっちもどっちっつーのか？　姉であり妹であるって感じか。ある意味双子みたいだな」

力だけではなく、落ち着き具合もニーナの方が上な雰囲気があるが、それは今の状態の話であって、暴走することを含めて考えると感情の制御ができないニーナが妹でもおかしくはない気もする。

だから、姉妹だとしてもどっちかが上というよりは、どっちも上でどっちも下という双子みたいな関係の方が近いかもしれない。

「絶対に、なにがあっても咲月を守り抜きます」

と、そこで驚いたことにニーナが自分からそんなことを言い出した。

「そう。ありがとうね」

俺はニーナの言葉に驚き、目を見張ったが、葉月はそんなニーナの言葉が嬉しかったようで微笑んでいる。

……どうやら、少しは姉や妹という関係を受け入れることができたようだ。

咲月のことを呼び捨てにしてるあたり、気分は自分がお姉様なんだろうな。

妹でありながら姉でもある、か。まあ、それでいいのかもな。

これで誰（だれ）かと触れ合い、誰かを守ることを理解してくれるといいんだけどな。

だが、本質的には違（ちが）うだろうが、表面的にだけでも今の段階で『姉』になってるんだ。

いつかは俺が願ったように、誰かに優（やさ）しくすることができる子になるだろう。

葉月達との話し合いが終わったあと、俺達はそれぞれ別行動をすることにした。具体的には宮野達と俺とニーナの六人。それから咲月と葉月と翔吾さんの三人で分かれた。まあ、身内同士って感じだな。

「で、昼飯だったか」

咲月達が去って行ったあと、ヤス達に軽く挨拶をしてから学生の出店エリアへと向かって歩いていきながら話をする。

元々宮野達の写真を見たら昼飯にするって話だったが、俺もいい加減腹が減ってきたので何か食べたい。

「んー、色々回ってなんか色々食べればいいんじゃない？」

「その方がニーナも楽しいでしょうし」

「んじゃそうするか……っと。いや、そうだニーナ。お前はもう昼は食べたのか？」

時間的にはもう昼過ぎだし、ニーナが昼飯を食べていても不思議ではない。

「はい。こちらに来る前に」

「そうか。じゃあがっつり食べる系じゃなく小物系にしておくか」

案の定、ニーナは昼を食べていたようなので、昼飯はいろんなものを買って腹いっぱいにする必要があるようだ。まあ、これも祭りだと思えばアリか。

ニーナが逸れないようにしっかり手を握り、宮野達の先導を受けて校舎へと入っていった。

「やっぱ飲食って言っても、やってるのは普通に飲食物か」

「そうみたいですね」

まだ開店する前に軽く見て回った時にも思ったが、どうにもモンスターなどを使ったダンジョン素材の料理というものは少ないようだ。まあ、宮野達みたいに簡単なものでもない限り資格が必要になるから仕方ない話ではあるか。

「コーヒー、タピオカ、ワッフル、大福、クレープ……結構種類があるな」

食事のメインとなるようなものは火を使う必要があるので、校舎内ではなく食堂方面でテントを使っての出店となっているらしい。ここにあるのは、火を使わないでも調理できる状態にしてあるものか、どこかで調理したものをここまで運んできたものばかりだ。

「そうですね。この学校の文化祭は、クラス単位ではなく数人で班を組んで参加できるので、それなりに出店の数が多いんです」

「ああ、そういえばそんなシステムだったな」

曰く、一年はまだ学校に不慣れなので参加していないが、宮野達がチームメンバーだけでやっているように、数人から参加することができるので出店の数も多くなるらしい。一年生の出店がなくて寂しい、なんてことにはならないようだ。

「どっかで仕入れた商品を、そのまま売るとこもあるみたい」

「転売……いや、委託か」

安倍の言ったことは、多分そういうことだろう。

転売が悪いとは言わないが、文化祭というお遊びとはいえ、こうして店を構えている状態でどこかの商品を自分達のものとして売るのはまずいだろうからな。

「多分そんな感じ？」

「えっと、どこかの企業に話を持ちかけるみたいです。自分のお世話になってる人達とか……」

「企業側は、売り上げは度外視で名前を売るためか。まああありっちゃありだな」

値段設定とかも予め話し合ってるだろうし、品質も保証されてる。生徒達の手作りは、いかにも文化祭って感じがするが、その出来具合についてはギャンブル要素があるからな。学生達も大きく儲けることはできないだろうが、失敗することもない。安定した売り上げにはなるだろうな。

「で、どうだ、ニーナ？　どうだって言ってもわからないだろうけど、なんか興味惹かれるものがあったら言えよ。娘に奢ってやるくらいの甲斐性はあるからな」

と、色々と話しながら進んでいたが、俺は隣を歩くニーナへと話しかけた。

俺と手を繋いで歩くニーナだが、こうして学校を見るのは初めてだろうし、文化祭というものも初めて目にするだろう。だから、なにをしたいとか分からないだろうが、興味を持つものの一つ二つはあるだろう。その時は買うなりやらせるなり、好きにさせようと考えている。

「え、あの……はい」

だが俺が話しかけても、ニーナは普段とは違ってどこかはっきりしない態度でやけに大人しい。

「どうした？　なんか不満でもあるか？」

「い、いいえ。そうではありません。その……このように人が密集しているところは初めてなので、どう捉えればいいのかを測りかねて……」

……ああ、そうか。文化祭が初めてなのはその通りだが、そもそも人が多い場所というもの自体が初めてだったか。前回も前々回も、出かけたのは普通の街中で、こんな歩くだけでぶつかるほど人がいる環境ではなかった。

ニーナからしてみれば、場所も環境も、初めて体験したもので、今のこの状況はさながら異世界のようなものなのだろう。

「どうもこうも、好きに捉えればいいんだよ。楽しそうだと思ったら口にすればいいし、美味しそうだと思ったら俺にねだればいい。あれが見たい、これが欲しいってな」

だが、ニーナにとっては異世界であっても、ここには危険があるわけではない。ここは遊び、楽しむための空間なのだ。だったら、好きに楽しめばいい。

もっとも、そうはいってもいきなり馴染めるものでもないだろう。実際、俺の言葉を聞いてもニーナは困惑した様子を見せている。

「まあ、慣れていけばいいさ。お前は、そのうちこんな環境で生きることになるんだからな。だろ？」

「あ……は、はい！」

俺が言った〝こんな環境で生きることになる〟という言葉の意味を理解したのか。ニーナは嬉しそうに笑みを浮かべて頷いた。

そうだ。今はまだ完全に外に出すことはできないし、いつか外で暮らすことができると決まったわけでもない。

だが、ニーナが外で暮らしたいと願い、色々と改めていけば、それも可能になるかもしれない。これはそのための応援の言葉だ。

待ってるから、お前も〝ここ〟で一緒にいられることを目指して頑張れよ、と。

「んで、まあ結局何食うかだな」

がっつり食わないにしても、それなりに腹が減っているのでなにかしらは食べたいのだが、こうも色々あると悩むな。

「そんなの、なんかその辺にあるのでいいじゃん」

「その辺っつっても、ただの菓子じゃ腹にたまらないだろ？」

その辺に、と言われて軽く辺りを見回すが、一番近くにあったのが菓子の掴み取りだった。

菓子というのも、市販の駄菓子やスナック菓子だったので、たくさん食えば腹一杯になるだろうがせっかくの文化祭でそれは味気ないだろう。

「でも楽しそうじゃん」

「楽しいか？　お前らならあの程度いくらでも買えるだろ」

それなりに大きな箱を満杯にするくらい入っているが、あの程度の量、浅田なら自前で買うことができる。あの十倍だったとしても買えるだろう。

「そーだけどさー。なんか違うじゃん。こう、ガバッと掴み取りできると楽しくない？」

「ま、わからなくもないわな」

ただ、浅田の言うことも分かる。いくら金があっても、掴み取りとか詰め放題とか、そういう言葉には不思議な魅力がある。安定性や平均的な費用対効果を考えれば普通に買った方がいいんだが、それでもついやってしまいたくなる。

とはいえ、今回は俺よりもやるべき、やってほしい者がいる。

「ニーナ、どうする？　やってみるか？」

「え、あの。私が、でしょうか？」

ニーナにはいろんなことを体験して学んで、成長して欲しい。そのために、こういった掴み取りみたいな体験もいいだろうと思ったのだが、例の如くニーナは何が何だかわかっていないようだ。

「ああ、そうだ。お前もこの程度なら頼めば用意してもらえるだろうが、やってみると楽しいらしいぞ。ちょうどあいつがやるから見てろ」

ニーナに手本を見せるためなのか知らないが、どうやら浅田がお菓子の掴み取りに挑戦するようだ。

「どんなもんよ！」

結果は、なんというか、まあ、めちゃくちゃ取ったな。片手しか使えず、しかも手のひらを上に向けてはいけないというルールなのに、これでもかというくらい取っている。掴み取りのプロかな？

「いっぱい取ったわね」

「手がおっきいと便利」

「……なんか、手が大きいって、貶してない？」

「そう？」

「う～んと、背が大きいのを気にする人もいるし、それと似てる、かも？」

「なるほど。でも、背も手も、あと胸も、大きい方がいいと思うのに」

「それはまあ、個人の考え方次第じゃないかしら？」

浅田は取った景品を袋に詰めてもらいながら、宮野達と楽しそうに話している。

だが、浅田の視線は話しながらもチラチラとこっちに向けられていた。やはり、ニーナに気を遣って実演したようだ。あいつ、やっぱり気配り上手だな。

「どうする？」

「えっと……では、やってみてもよろしいでしょうか？」

「ああ。頑張れよ」

やる気になったニーナの言葉に頷き、一緒に受け付けへと向かい、金を払う。

そしていざ挑戦、となったのだが、そこで一つ忠告しておくべきかと思い声をかける。

「ああそうだ。あんまり力込めすぎないようにな。力込めると潰れるぞ」

ニーナは特級だ。魔法主体とはいえ、身体能力も化け物級。そんな奴がいっぱい取ろうとして力を込めると、全部握り潰すかもしれない。ただでさえこういったことに慣れていないわけだし、力加減を誤る可能性は十分に考えられる。

「え……あ、え……」

だが、その忠告をするのが遅すぎた。すでにニーナは菓子の詰まった箱の中に手を突っ込んでいた。

「あ……」

あとは取り出すだけだったのだが、いきなりの俺の言葉を受けて力を込めないようにしたせいか、取り出す途中で形が崩れてしまい、こぼしてしまう。

それでもなんとか一つは握ることができていたが、逆にいえば一つだけだった。

これは……少し悪いことをしたかもしれん。助言しなければ握り潰していたかもしれないが、無事に取り出せたかもしれない。そう考えると、俺の助言は余計だったと言わざるを得ない。

「はい。これあげる。後これとこれも」

ニーナを慰めるべきなんだろうが、どう声をかけたものかと悩んでいると、浅田が受け付けの生徒に袋を一枚もらい、そこにポイポイと自分が取った菓子を入れてニーナへと押し付けるように渡していった。

「……なぜですか？　それはあなたのものでは？」

そんな浅田の行動に、ニーナはなぜ浅田がそんなことをしたのか分からず、顔を顰めて訝しげな様子で尋ねた。

「え？　なぜって……いっぱい取ったから？」

「施しですか。別にそのようなものは――」

ニーナからしてみれば本当に分からないのだろう。親しい仲でもない相手が、こうも自分に優しくしてくれるのだから。ニーナのこれまでからして、優しくしてくれる相手などいなかった。いたとしても、自分になんらかの思惑がある相手か、自分が認めた相手だけ。にもかかわらず浅田が優しくしているのだから、疑い、拒絶しようとするのも理解できる。

だが、そこまでだ。

「ニーナ。こいつにそんなつもりはない。まあ、友達からの贈り物だと思っとけ」

浅田の好意を施しだ、いらないと言おうとするニーナの頭に手を乗せ、言葉を遮った。

「……友では、ありません」

ニーナは眉を顰めて小さく呟いたが、俺はそのことにわずかながら驚きを感じていた。

何せ、ニーナはこれまで俺の言うことならなんでも肯定的に捉えてきたのだ。なのに、今のニーナは俺の言葉を否定した。そのことに驚きを感じるとともに、嬉しさを感じた。だってそれは、ニーナが成長している証なのだから。

「そうか。ならまあ、知り合いからの贈り物だな。まあ、菓子なんていっぱい食ったら太るからな。あいつがこれ以上太らないために協力してやったと思え」

そこまで言うと、ニーナもまだ思うところはあるのかもしれないが、それでも頷き、浅田からの贈り物を受け入れることにしたようだ。

「これ以上って何よ。元々太ってないし」

「でも、この間お腹触って唸ってた」

「え、見てたの!?　いつ!?　……って、いや、晴華。そんなん言わなくていいから!」

俺の言葉を聞いて不機嫌そうにした浅田だったが、安倍の言葉をきっかけに宮野達も交ざってわちゃわちゃと騒ぎ始めた。だが騒いでいるその声も、文化祭中ということもあって周りの声に飲み込まれていった。

楽しそうにしている宮野達四人の様子を見てから顔を隣へと向けると、ニーナは貰った菓子が詰まった袋を見つめている。その表情はまだ顰められている気もするが、ほんのりと笑っているようにも感じられた。

「色々と見たが、案外まともっつーとアレだが、普通のがあるな。文化祭なんて素人らし

さ全開なもんだと思ってたが」

その後は適当に買いながら腹を満たして文化祭を回っていたのだが、思ったよりもまともなものも売っていたことに少し驚いた。

「つっても、あんたも文化祭ってやったことあんでしょ？」

「そりゃあな。ただ、もう何十年も前の話だからな。まともに覚えちゃいねえよ」

俺が学生だったのなんて、もう二十年くらい前のことだ。あの時は意識して覚えようとしていたわけでもないし、当たり前の平和な暮らしなんてそんな覚えているものでもない。

「特に、俺が学生だった頃は魔法なんてもんはなかったからな。その辺でも色々と違いがあるもんだろ」

「そっか。あんたの時にはなかったんだっけ」

「想像できない」

「うん、私も。私達は、生まれた時からあるもんね……」

こいつらはもう魔法やダンジョンなんてもんが存在している時代に生まれたからな。俺達みたいに〝なかった時代〟との違いなんてわからないもんだろう。

「でも、そんなに違うものですか？」

「ああ。これとかそうだろ」

宮野の問いかけに、ちょうど近くに貼ってあった張り紙を指さして答える。

「これ？　……あ～、これかぁ」

浅田が覗き込んだその張り紙には、屋内訓練場にて特殊な出し物があると書いてあるのだが、その内容というのが魔法を使ったものだった。これも、俺達の時代にはなかったものだ。魔法自体がなかったからな。

「行ってみる？」

ニーナを見るが張り紙を見て首を傾げている。どうやら多少なりとも興味があるようだ。

「そうだな。まあちょっと行ってみるか」

ニーナ自身は口に出さないが、興味を持ったのならやらせてみるべきだろう。

そんなわけで俺達は屋内訓練場へとやって来たのだがそこにはなかなかの数の人が集まっていた。
これだけの人が集まって何をやっているのかと言ったら……
「一撃必殺……名前は物騒だが、パンチングマシーンだよな」

簡単にいえば、それだ。なんか装飾の施された大きな機材を誰かが殴ると、魔法を使っているようで幻影が出現し、周りの者達の目を楽しませる。

そして、幻影が出てから数秒して近くにあるパネルに数字が映し出される。

これが先ほどの貼り紙に書かれていた出し物の正体だ。ちなみに、その点数次第では景品がもらえるらしい。

「ですね。あれは覚醒者もそうでない方も挑戦できるものみたいです。もっとも、挑戦する前にどちらなのか明言する必要がありますけど」

「そりゃあそうだろうな」

覚醒者と非覚醒者を同じで測っては、どうやったって覚醒者が勝つに決まってる。それでは公平性がないし、参加者も減るし盛り上がりにも欠けるだろう。

「数字だけじゃなくて演出もあるのか。なかなか派手な演出だな」

「なにもないと盛り上がらない」

まあ、どれだけ頑張っても所詮はパンチングマシーンだからな。点数が出るだけじゃつまらないか。

「流石にそこに関しては気を遣ってるみたいですよ。数字が出て攻撃力が分かるようになったとはいえ、やっぱり数字だけだとつまらないですから」

「あ、でも、やりすぎると、それはそれで苦情が出るみたいです……」

「あー、音が大きすぎてうるさいー、みたいな苦情が出た年があったんだっけ？」

宮野達の話振り（はなしぶ）りからすると毎年の恒例（こうれい）イベントって感じみたいだが、どうやら運営側は色々と努力を重ねて来ているらしいな。

「なんだ、これはいつもあるやつなのか」

「はい。これに挑戦するために毎年やってくる人もいるようです」

これが目当てで来るって、そんなに楽しいか、これ？　……ああいや、景品があるんだったな。それ目当てか？

「ほ～。景品が出るってあったが、そんなにいいものなの？」

「それもですが、お手軽に自身の力を確認（かくにん）できる場所はあまりありませんから」

「力の……？　ああ、なるほどな。学校やどっかの企業に所属してれば測定機を使えるが、一般だとそうはいかないからな」

俺みたいに学校の施設（しせつ）を使えたり、知り合いの企業が測定機を持っていれば使わせてもらうことができるが、そうでない者は組合に申請（しんせい）し、金を払って使うしかない。

金を払うと言ってもそんな大した金を払うわけでもないんだが、そもそも測る必要はないからな。

覚醒者になったって言っても、『レベルアップして強化される』なんてこともないんだ。精々が力の使い方が上手くなったとか、あるいは武装を変えて強化されたとかそのくらいでしか攻撃力、破壊力ってのは変わらない。

なので、最初に一度測ってしまえば測る必要はなくなるものだ。だからこそ、誰も金を払ってまで測定しようとは思わない。

だが、最初に測った時に比べて今の自分はどうなんだ、と気にならないわけでもない。

だからこそ、ここに測りに来るのだろう。自分の今の力もタダで確認できて、文化祭そのものも楽しめるから。

「――今の演出は、アレはもはやイジメだろ」

その後しばらく周りにいた奴らが挑戦していく様子を眺めていたのだが、幻影にもかなりバリエーションがあるようで、その攻撃の数値によって出てくる幻影が変わるらしい。

大体は何かが暴れたり攻撃を仕掛けたりするかっこいい幻影なのだが、中には今見たように割と酷い幻影も出てくる。

「あ、あはは……確かに、攻撃力を競う場でお花畑が出てくると、ちょっと……その……」

「小鳥もいた。可愛い攻撃力」

「は、晴華ちゃん。せっかく瑞樹ちゃんが濁してたのに」

覚醒者であるにもかかわらず一般人と同じ程度の攻撃しかできないと、とても可愛いものが出て来るようだ。周りで見ている分には楽しいだろうけど、挑戦者はめちゃくちゃ落ち込んでいる。

『――えー、それでは次の挑戦者の方どうぞ！』

そして、また新たな挑戦者が測定機の前へと進んでいった。

「……なあ、あれってどの程度まで測れるんだ？」

測定機を前にして腕を回している挑戦者を見ながら、最弱はさっきのあれでいいとしても、じゃあ最大は？　と少し気になったので宮野に聞いてみる。

「え？　えっと、確か学校の検査機をそのまま使っているので、特級でも余裕を持って測れたはずです」

「何？　あんたもやるわけ？」

「俺がやったところで限界なんていかねえんだから、確認する意味ねえだろ」

俺が測定機について聞いたからか、浅田は俺がやるものだと思ったようだが、違う。やるのは俺じゃない。

「ニーナ。お前もあれやってみないか？」

そう。やるのは俺ではなく、ニーナだ。

「私が、ですか？」

ニーナは俺が提案したことに驚いたようで、目をパチパチと瞬かせてから首を傾げて問い返してきた。

「ああ。景品があるみたいだし、きっとお前なら手に入れられるだろ」

「ですが、あの程度のものは壊してしまうのでは……」

ニーナは機械を壊してしまうことを心配しているようだが、そこは問題ない。

「魔法ありならそうかもしれないが、肉体的な能力だけなら平気だろ。それに、万が一壊れたとしても俺がどうにかしてやる」

どうにか、と言っても直すのではなく、土下座してでも許してもらうだけだが。

でも、多分大丈夫だろうと思っている。ニーナは『世界最強』ではあるが、素の身体能力まで最強というわけではない。

それでも特級に相応しい能力はあるが、特級の能力すら測ることができる測定機なら壊れることもないと思う。

「……では、私もやってみます」

少しだけ考え込んだ様子を見せたニーナだったが、しっかりと頷いて挑戦の意思を示した。

「伊上さん、大丈夫なんですか？」

「魔法を使わなきゃ平気だろ」

宮野の心配も分かるが、子供ってのはいろんなことに挑戦して、笑って泣いて成長するもんだろ。失敗したら、そん時はそん時だ。

と言うわけで、早速受け付けに申請しに行こうか。

『おおっと!? 次の挑戦者は随分と可愛らしい少女だぁ!?』

参加申請をした後は、挑戦者の列に並びながら待っていたのだが、ニーナの番となるとそんな叫びが加えられた。これも場を盛り上げるためのマイクパフォーマンスなのだろうが、あまり目立たせないでほしい。……まあ、どうせこの後いやでも目立つことになるだろうから大して変わらないか。

「えいっ！」

なんとも素人感丸出しな、フォームも何もないただ拳を後ろに引いてから前に出すという、大振りなだけのパンチ。

だが、その一撃は一般人では視認することが難しいほどの速度で放たれた。

ニーナの拳と測定機が接触した瞬間。轟音が屋内訓練場の中に響き渡る。

あまりの衝撃に、周囲で見ていた者達には尻餅をついた者や、悲鳴を上げる者もいた。

ただの殴った衝撃だけでそれだ。流石は特級。流石は『世界最強』だな。

そして肝心の演出についてだが……火山が噴火した。

「……うっわ。すっごい派手……」

浅田がそう呟いたのも分かる。なにせ、今まではサイが木に突進だとか、馬が後ろ足で蹴るだとか、花火が打ち上がるだとか、そういったどこか可愛らしかったり綺麗だったりするものだった。なのに、ニーナは火山の噴火という可愛らしさのかけらもないド派手なもの。

音も、光景も、全てが先ほどの一撃の凄まじさを物語っている。

「そうだな。でもまあ、あいつなら当然といえば当然だろうな」

「世界最強は伊達じゃない」

「そういうことだ。お前らには言うまでもないことかもしれないけどな」

そんな火山の噴火の幻影が現れている中で、ニーナは特に感慨深そうな様子もなく受け付けに行って結果を聞いている。

そして、まあ当然だろうが、商品をもらってこちらに戻って来ている。

普通の服を着ている可愛らしい少女の後ろで、火山が噴火している。その光景はどう考えてもおかしいものなのだが、だからこそだろうか。火山が噴火している中で悠然と佇んでいるニーナの姿は、目を惹かれるような不思議な存在感があった。

「ただいま戻りました、お父様。その……どうでしたでしょうか？」

「おかえり。よかったんじゃないか？　まさかあんな演出が出てくるとは思わなかったが、すごいものが見れたな。お疲れさん」

「はい！　お望みであればもう一度やってきます！」

「いや、一回で十分だな。二度目は商品も出ないだろうし」

それに、係の生徒達が動き出している。多分測定機のチェックをしているんだろう。あれだけの一撃を受けたんだから当然だろうけど。

「ところで景品はなんだったんだ？」

「あ、えっと、こちらになります」

「これは……ペア旅行券か」

あの威力から考えればこれは一番上の景品なのだろうが、ニーナにとっては微妙なものだな。何せ、この子は旅行になんて行けるような立場じゃないんだから。

「お父様に差し上げます」

そのことはニーナ自身理解しているようで、そう言いながら券を差し出してきた。自分は使わないのだから他の人に、と思ったのだろう。だが……

「いや、これはお前が手に入れたもんだ。お前がもっとけ」

「ですが……」

「お前が外に出られないのはわかってるさ。だが、それはあくまでも〝今は〟だろ？　幸いそのペア券の有効期限は一年先だ。その時までに、旅行に行っても問題ないと思ってもらえるようになれ。そうしたら、俺でも咲月でも、こいつらでも好きに誘えばいいさ。だから、それを目標にして頑張れ」

そう。今は出られなくても、いつかは旅行に行けるように許しが出るかもしれない。最初から自分には要らないものだと決めつけるのではなく、そこを目指せばいい。そうしたらきっと、今よりも頑張れるようになるはずだから。

「……はいっ！」

俺の言葉を聞いて自分が旅行に行く未来を想像したのだろうか。ニーナは楽しげに口元を緩ませると、旅行券を握りしめながら笑顔で頷いた。

握りしめられたことでくしゃくしゃになってしまっているが、そのくらい平気だろ。ダメだとしても佐伯さんにいえばどうにかしてくれるはずだ。

だがまあ、それはそれとして、だ。先ほどの衝撃や、出て来た幻影、それらを生み出した少女と、ついでに一緒にいるドレス姿の少女達と言うことでかなり目立ってしまった。

悪いことをしたわけではないのだが、ニーナは事情が事情だ。何か面倒が起こる前にと、俺達はその場に留まることなく速やかにその場から去っていった。


「しかしまあ、だいぶ回ったな」

屋内訓練場を去った後は色々と巡っていた俺達だったが、現在は途中で買った飲み物を手に、その辺にあったベンチで休憩していた。

「そうですね。回れるところは回ったんじゃないでしょうか？」

「ん～。まあ後は体育館で演劇とかダンスとかあるっぽいけど、流石に時間がないっしょ」

まだまだ文化祭の一般公開時間は残っているが、ニーナが外出許可されている時間は後三十分弱と言ったところだ。待ち合わせの時間の前には正門にいないとだから、今から体育館で行われているステージを見に言っても半端になる。

「あ、あの、お父様！」

大体のところは回ったし、後の時間はどうするか、と考えていると、珍しくニーナが上擦った声で俺のことを呼んだ。

「ん？　どうした、ニーナ」

「お父様は、何か出されていないのですか？　あの者は食べ物を作っていると言っていましたが」

「あの者って……あー、佐伯さんか。まあやってたな。つっても、午前だけだったからもう終わってるけど」

「そうですか……」

どうやらニーナは俺が参加した店というものを見たかったようで、それがやっていないと理解すると落ち込んだ様子を見せた。

俺達がここにいる時点でもうやっていないのだと分かりそうなものだが、それが分からないくらいに期待していたのかもしれない。そう思うと、なんだか悪い感じがしてくるな。

でも、どうする？　今からニーナのために教室に戻って作業をするか？　ニーナが望むのなら俺としてはそれでもいいんだけど、一応もう片付けたんだよな。それをまた使うというのは……まあ、俺が片付ければいいか。

「いーんじゃない？　材料は余ってるわけだし、全部片しちゃったってわけでもないじゃん」

「そうですね。せっかくですし、最後にもう一度作るくらい良いんじゃないでしょうか」

「お前らが作るわけだし、いいならいいけど……まあ、じゃあ行くか」

ニーナ一人分だし、俺が作って片付ければいいかと思っていると、浅田と宮野から好意的な言葉がかけられたので、それに甘えて今日の最後にもう一人分だけ店を再開することにした。

「というわけで、これが商品だ」

時間がないこともあり、無駄に寄り道をすることなく教室へと戻って来た俺達は、手早く準備をし、品物を作っていった。

と言っても、何か難しい工程や面倒な作業があるわけでもないし、数を作るわけでもないのですぐに終わったが。

「これは、チョコレートでしょうか？」

「上にかかってるのはな。その花の部分は薄刃華って言うまた別のだ」

器に入った薄刃華の温チョコがけをニーナへと渡す。

「……美味しいです」

品物を受け取ったニーナは花びらの一枚をもいで口へと運び、何度か咀嚼すると嬉しそうに微笑んだ。

「あ、それと、これはお土産よ」

そう言いながら宮野が渡したのは、瓶に詰まった薄刃華の花びらのシロップがけだ。

今わたした薄刃華だが、一人で食べるにはそれなりに量がある。食べきれないこともないが、今まで散々飲み食いして来た後ではつらく感じるかもしれない。

そのため、薄刃華の花びらを何割かむしって、花の形状をしている方はチョコをかけ、むしった花びらの方はシロップをかけてお土産として瓶に入れることにしたのだ。

で、このお土産だが、考えたのは俺ではない。宮野達が自発的に考えたことだ。

「土産、ですか？」

「ええ。チョコの方は持ち帰る間に溶けるから今出したけれど、もう一種類あるのよ。そっちはシロップがかかっているのだけど、すぐにダメになるものでもないから、帰ったら冷蔵庫にでも入れておけば、数日は保存が利くと思うわ。……大丈夫ですよね？」

「ああ。元々どっちも保存が利くやつだしな。多少手を加えても問題ない。ちなみに、そのシロップは前にお前に持って行ったやつだな」

「これが、あの時の……」

以前ランダムシロップを採りに行った後、研究所へと行ってニーナにお土産として渡したことがあった。

その時のことを思い出しているのか、それともまた別の何かを思っているのか、ニーナは受け取った瓶を両手で持ち、目を瞑った。

「瑞樹。手間をかけました。それから……」

再び目を開けたニーナは、『自身の側に居られる者』である宮野へと礼を言い、その後浅田達へと顔を向けた。

「……あなた方にも、少しだけ……感謝いたします」

数秒ほど浅田達のことを眺めた後、ニーナは小さく呟くように礼の言葉を口にした。

その表情は俺や宮野に向けるものとは違っていたし、咲月に向けたものとも違っていた。だが、それでも礼を口にしたこと自体が特別であり、驚くべきことだった。

「どーいたしまして」

ニーナから礼を言われるとは思っていなかったようで浅田達は驚いた様子を見せたが、すぐにニッと笑って答えた。

その後、ニーナが帰る時間となったので正門へと送っていったのだが、その道中はどこか楽しげに感じられた。

二章　文化祭での対立

昨日の最後、ニーナが帰る時間となったので正門まで送ったのだが、その時に丁度咲月と遭遇したので最後にもう一度だけ挨拶させることにした。

咲月もニーナも、姉だ妹だって言っても、実際に接した時間は短いからまだ心からそう思うことはできていないだろう。

だが、慣れないながらも話はしていたし、別れ際を惜しんでいた様子だから、初の顔合わせとしては上出来だろう。

そうして一日目を終え、二日目の今日。俺達は昨日のように自分達の店へとやってきて、準備に取り掛かろうとしていた。

尚、ケイのやつは朝ここに来て機材の確認や衛生状態など、昨日と同じことを確認してちょっとした訓示を話した後、また居なくなった。

「伊上さん。体調の方はどうですか?」

開始十分前となって最後の確認とばかりに宮野が問いかけて来たが、一日でそう変わるはずもなく、依然として体調は悪いままだ。

「ダメだ。死にそうだ。だから寝てていいか？」

「はい、オッケーってことね。それじゃあ今日もよろしくー」

「人の話聞けよ」

冗談めかして言ったから、というのもあるだろうが、俺の言葉は浅田に軽く流されてしまった。

だが、文化祭の出店をやるだけならなんの問題もないんだが、万全ではないってのは嘘ではないんだよな。まあ、死にそうだ、なんてのはまるっきり嘘だが。

「病人がそんなフル装備でくるわけないじゃん。ってかなんで今日はそんなかっこなわけ？」

佐伯さんに昨日言われたことが理由で今日は何かあってもいいように装備を整えてきたのだが、やっぱり流石におかしいと思うか。

「……あー、ほら。あの戸塚。あいつがまた絡んでくるかもしれないだろ？　んでそれが実力行使の可能性があるのは昨日のあいつを思い出してもらえりゃあ分かると思うんだが、それ対策だな」

「あー、確かに。あいつ、なーんかやらかしてきそうな感じがするわねー」

装備を身につけている理由として、昨日の話を馬鹿正直に話すことはできないので適当に誤魔化してみたのだが、案外良い理由だったようで浅田は素直に誤魔化されてくれた。

「で、でも、そんな人前で攻撃を仕掛けてくるようなことを、するのかな？　流石に一日経てば冷静になると思うし……」

「それならそれでいいんだよ。ただの取り越し苦労だったってだけだからな」

北原は少し疑問を持ったようだが、それを適当に流してこの話を終わらせる。

「はい。水持ってきた」

そこで、タイミングを見計らっていたわけではないだろうが、安倍がバケツに水を満たして持ってきた。

「水？　なんでそんなもん……まさか、また昨日みたいにやれってか？」

「そう。やらないの？」

「やるつもりなんてなかったんだけどな……」

安倍が言っているのは昨日やった氷の動物達による店までの案内のことだろうが、昨日だって本当ならあんな魔法を使っての道案内なんてするつもりはなかった。何せこちとら怪我人だ。医者からもあまり無茶はしないようにと言われているし、何もしないで休んでいるのが一番良いんだがな。

「でも、客足が違う。はず」

「た、確かに、昨日のは綺麗だったよね。あれで来てくれた人も、いたみたいだし」

「……まあこれくらいならいいか。少しくらいは手伝わないとあれだからな」

何もしないのが一番いいことに変わりはないが、まあ店の営業を手伝わないいんだしこれくらいは良いか。どうせ最初に一回やるだけなんだから、大して疲労するってこともないし。

そんなわけで、魔法で生み出された空を駆ける氷の動物達の案内とともに、文化祭二日目の営業が始まった。

「――今日ももうだいぶ捌けてきたな」

一日目同様氷の動物達に釣られて来た者や、前日の評判を聞いて『勇者の店』にやって来た者など、昨日よりも客の数が増えていた。

だが、それでも宮野達も接客というものに慣れたようで、昨日よりもうまく回すことができ、午前だけとはいえ店を最後までこなすことができた。

「そうですね。お客さんの流れは落ち着いてますし、時間的にももうすぐ終わりですね」

「いやー、半日だけにしたけど、やっぱそれでよかったっぽい感じよねー。結構忙しかったし、材料ももうあんまし残ってないし」

「元々、売れ残りが出ないようにそんなに多くは採ってこなかったからな」

文化祭という特殊な環境でどれくらい売れるのか分からないから、売る数はそこそこに抑えておいた。だが、もうあまり在庫がない状態だ。当初の予定では丸々二日やるつもりだったんだから、それでは足りなくなったことだろう。

だからまあ、俺が怪我をしたのも、良かったっちゃあ良かったのかもしれない。……いや、やっぱり良くねえや。足りないなら普通にそこで終いにしとけば良いだけだし。

まあでも、なんにしても問題なく終わりそうで良かった。

「あ、でも、もうちょっと多くても良かったかな、って感じもするね」

「そーねー。そしたらもっといっぱい稼げたもんねー」

「来年はもっと前から準備する?」

「でも、流石に今日よりも人が増えることになると、手が回らなくなるんじゃないかしら?」

「あー、ね。でも、次は浩介も参加できるんだから平気じゃない?」

「あ。そういえばそうだったわね。伊上さんがいれば、もっとうまくできるわね」

宮野達はすでに来年の出店について話をしているが、なんか俺が参加することが決定してるんだが？　しかも無駄に期待されてるし。

「……俺は来年も参加すること決定なのか？」

「もちろん！　そんなん決まってんでしょー？」

「どうせ逃げられない」

「そりゃあ、まあ、そうなんだが……はあ」

来年もこのチームの教導官をやってるのは確かなんだろうし、そこはもう半ば諦めているが、それでも文化祭にまで参加することになるのか……。

「——まあ、それはそれとして、だ。お前らはこの店が終わった後、午後の公開訓練に参加するんだろ？」

「はい。伊上さんに勧められましたし、やっぱりせっかくだってことなので」

朝の準備中に軽く聞いたことなのだが、どうやら宮野達は今日の公開訓練に参加することにしたようだ。そのため、ドレス姿や文化祭には似つかわしくない無骨なもの——剣や大槌といったものが部屋の隅に置かれている。

俺は参加しないから、気楽に見ているだけでいい。スポーツ観戦的なノリで楽しませてもらうとしよう。まあ、何をやるのか全く知らないわけだが。

「ま、やるならやるで頑張れよ。……で、何をやるのかイベントの内容は決まったのか？」

「えっと、なんだっけ？　確か『プチ・ハント』、だったっけ？」

「さっぱり訳がわかんねえな」

浅田から説明を受けたが、名前だけじゃさっぱりわからん。ハントって名前がつくってことは狩りか？

「ん。鬼ごっこ」

「どっちかっていうと『アドベンチャー・ハント』じゃないかしら？」

「あー、だから『ハント』なのか？　んで、結局なにやるんだ？」

名前の由来はなんとなくわかった。多分、アドベンチャー・ハントの規模を小さくしたものだろう。だが、相変わらず詳細がわからない。

「やることは本当に鬼ごっこです。ただし、障害物と武器があり、全員が鬼であり獲物ですが」

「まああれよ。要は自分以外をぶっ飛ばせばオッケーな感じじゃね」

「あー、全員が鬼としてお互いに相手を狩りにいくわけか。だが、武器ありとは物騒だな。まあ冒険者らしいといえばらしいか。ただ、『プチ・ハント』って名前もそうだが、それを〝鬼ごっこ〟なんていうと、なんかちゃっちく聞こえるな」

学生のイベントだと思うと特にな。これが何かしらの競技大会とかだとそれなりに〝らしく〟聞こえるんだろうが……。

「そこに使われている技術は特殊でも、やってること自体は本当に〝遊び〟の範疇ですからね。名前もこんなものではないでしょうか？」

個人戦なんだから、バトルロワイヤルの方がわかりやすい気がするが、そうするとより一層物騒な感じが出てくるから、文化祭としては無しか。

「なんでもいいけどな。どうせ俺は出ないわけだし」

どうせ見てるだけなんだから実際にどんな事情があって何をするのか、とかはどうでもいい。ドローン飛ばして戦いの様子を見せてくれるみたいだし、それを見てそれなりに楽しめれば良いのだ。

「そういやこれ、なんか賞品とかあるのか？」

そんな考えから、誤魔化すために話を逸らすことにした。

「んー、まあ一応あるけど、大したものじゃない感じなのよねー」

「地元のデパートの商品券です。額も、大したものじゃない、というとお金の価値をなめてるようでちょっとアレですけど、私達なら自力で稼げる程度の額です」

「去年は五千円だっけ？」

「ほーん。まあ、学生のイベントとしちゃあ妥当なところか。下手に数十万とか出しても一般客からのウケは良くないしな」

冒険者として稼げば商品券程度はすぐに稼げるから、冒険者として活動している者からすればどうしても欲しいってものでもないだろう。だが、だからと言って学生のイベントで数百万とか数十万とか、『万』単位で賞金を出すと学生らしさがなくなる。それは一般人に親しみを持ってもらいたいというイベントの趣旨からは外れることになる。だから、商品券ってのは悪くないと思う。

「あと、時間が足んなくなる」

「時間？」

安倍は時間が、と言ったが、そんなことを言われても訳がわからず、その意図を聞くために疑問を口にした。

「賞品が凄ければ参加者いっぱい。しょぼければ簡単に終わる」

「あー、なるほどな。今日中に終わらせないといけないってなると、そんなに人数がいても困るのか」

このイベントは文化祭の二日目の午後だけしか時間を取っていない。そのため、あまり人が多すぎて最後まで終わらないと問題だ。だからこそ、あえてしょぼい『もらえるならもらうけど、必死になって頑張るほどではない商品』を用意したわけか。

「イベント自体は盛り上がって欲しいから賞品はつけるみたいですけど、なかなか難しいところですよね」

「つっても、ティータイム一回分くらいにはなるだろ？」

商品券って言っても去年と同じなら五千円になるし、最低でも千円にはなる。学生がちょっとお茶する足しにはなるだろ。

「そうですね。私達もそのつもりでいます。もっとも、賞品が手に入れば、ですけど」

「ダイジョーブだって！　なんたってあたしらだし、余裕でゲットでしょ！」

「そう言って負けたら笑えるよな。そん時は盛大(せいだい)に笑ってやるよ」

「ふふん！　なら笑えなくしてあげるんだから！」

そんなわけで、俺達は話もほどほどに切り上げると、それぞれ武器を手にして会場となる訓練場へと向かっていった。

会場へ着いた俺達ではあったが、そのまますぐにイベント開始というわけではなかった。

イベントの参加者はそれなりにいたので、全員同時にとなると混沌とした状態になり、観戦には向かない。

そのため、戦い自体は何度かに分けて行われることとなったのだが、その最後の戦いが宮野達の出番だった。

『──えー、それでは次の訓練に参加する生徒は準備エリアへと集まってください！』

そして今、宮野達の前の戦いが終わったところで、次に参加する生徒達に呼び出しがかかった。

「さて、それじゃあ私達は待機エリアに行きますね」

ついに自分の出番となり、宮野は立ちあがろうと腰を浮かせたのだが……

『──それでは今イベント最後の戦いの参加者を紹介いたします！　えー、次の参加者は……おおっとっ⁉　これはこれは⁉　次の挑戦者はこの学校始まって以来、初めて学生のうちに『勇者』の称号を手にした天才女子高生！　『天雷の勇者』宮野瑞樹さんが出るようです！』

それぞれ戦いの前に、司会をやっている女子生徒が次に参加する選手の名前を呼んでいたのだが、その中で今回だけ……と言うよりも宮野だけが特別枠で紹介された。さも『今知りました』という雰囲気を出していたセリフではあったが、始まる前から決まってたんだろうな。何せ『勇者』だ。盛り上げるために使わない手はない。

「天才女子高生……」

だが、呼ばれた当の本人は恥ずかしげに顔を赤く染め、俯いている。見ると、浮かしかけていた腰を再び椅子へと落としている。

「なーんか、すっごい呼ばれ方してるわね、瑞樹ってば」

「私もそう呼んでいい？」

「やめてよ、晴華ったら」

「でも、勇者なんだから、そう呼ばれてもおかしくはないよね？」

「柚子まで……。もう」

恥ずかしがる宮野に、他の三人が揶揄うように言葉をかけていた。

だがそこで、ふっと浅田が微かながら不機嫌そうな顔を見せた。

「でも、あたしらはおまけってわけねー。なんも言われないし」

「好きにさせればいい。評価は、覆らせるのが面白い」

「むむっ、晴華いいこと言うじゃん！　そうね。あたしらが見せつけてやれば良いのよね。やったろーじゃん！」

こういうのって良いよな。女子の掛け合いがいいって言ってるわけじゃないぞ？　こいつらの仲の良さっつーのか。普通なら、仲間の一人が大袈裟に持ち上げられたら他のメンバー達は大なり小なり劣等感を感じるもんだ。そしてそれをうちに溜め込んでいるといずれ不和となる。

だが、こうして冗談めかしたものであろうと口に出していれば、そしてそれを向上心へと変えることができれば、不和は起きづらい。

それを考えているのではなく自然とできるような関係っていうのが良いなと思ったのだ。

「まあ、宮野。お前もがんば――ん？」

頑張れよ、と行って送り出そうとしたところで、不意にメールが届いた。

確認なんて後でも良いかと思ったのだが、これでもし佐伯さんから何かしら連絡があるんだったら後回しにしてはいけないと思い、すぐにスマホを取り出して画面を開いた。

だが、そこに記されていたのは佐伯さんからの連絡ではなく、そもそもメールですらなかった。

「公開訓練の参加受付完了？　なに？　浩介ってば参加するわけ？」

この学校に通う生徒や教師、教導官は学校専用のアプリを入れることができ、学内の連絡や訓練場、特殊作業室の予約など色々とできるのだが、今の着信はメールではなく、その学校用のアプリの着信だった。

　そして、そこには俺がこの公開訓練に参加する受け付けを完了したという知らせが書かれていた。だが、俺はこんなもんに登録した覚えはない。

「しない。こんなの登録した覚えないぞ」

「でも通知が来たってことは、登録したってことですよね？」

「誰かが勝手に登録した？」

「えっと、でも、なんのために？」

　北原の疑問は当然だ。何せ俺自身がわかっていないのだから。だが、なんとなくの予想はできる。

「さあ？　考えられるのは嫌がらせとか？」

「嫌がらせ、ですか……？」

　大方、戸塚あたりが俺を戦いの場に引き摺り出すためにこんなことをしたのだろう。相手は特級だからハッキングできる人材を用意するくらいできるだろうし、なんだったら自分の名前を使って強引に登録させた可能性もある。

「まあ、そういうこともあるもんだ。不本意ながら、これでも多少は名前が売れてるからな。そういった奴らには、避けて通れない道だ」

今回は俺が標的になったが、これからは宮野達も似たようなことがあるんじゃないだろうか。というか、あるだろ。

「伊上さんもそういうことがあったんですか？」

「まあ、そうだな」

「なにがあったわけ？」

なにが、か……。色々あったな。

これでも一部では名が売れてるんだ。それをよく思わない奴なんていくらでもいるもんだ。特に、特級どころか一級ですらない俺が有名になるのが気に入らない輩なんて無数にな。

「敵のなすりつけや装備の入れ替え、及び盗難。冤罪や暗殺未遂だな」

「なんか、すごいいっぱい？」

「晴華ちゃん、『いっぱい』で済ませて良いことじゃないと思うんだけど……」

「いや、ってか暗殺ってなによ⁉」

「さあな。その辺は佐伯さん達が防いで、後からそういうものがあったって教えてくれただけだからな。俺に直接の危機はなかったんで知らん」

正確には、一度暗殺されかけて、それからは起こらなくなったのだが、そんな危険なことがあったなんてこいつらには教えないでいいだろう。教えるとまたうるさいからな。

「まあ今回はそんな大ごとじゃねえとは思うぞ。なんたって、こんなに人が見てる場での誘いだからな」

俺の予想では戸塚が犯人だが、こんな場所で『氷剣の勇者』としての名声を貶めるような行為はしないだろう。だから、最悪でも死にはしないはずだ。

「まあ、しゃーない。行くか」

「え？　ですが伊上さん、怪我は……」

宮野が俺の言葉に驚いた様子を見せたが、まあ当然の反応だろう。何せこの文化祭中、怪我を理由に今までろくに動かなかったわけだしな。

「まあ、ある程度は動けるからな。これでも一応勇者の教導官やってんだ。登録したのになにもせずに不参加ってなると、まあ外聞はよろしくないわな」

「ですがそれは勝手に登録されたせいで――」

「だとしても、外から見りゃあそんなのはわからない。それに、そうなんだとしても、なにもせずに逃げるってなると周りの反応は同じだ」

今の俺は、一応とはいえ勇者チームの一員だ。しかも教導官――つまりは師匠でもある。そんな奴が参加を申請したくせにいざとなったら逃げ出したとなれば、宮野達の評価に関わる。

俺は冒険者をやめて今のチームから抜けたいと思っているが、だからと言って所属している以上はチームのことを考えて行動すべきだ。

『おっと！　ここで新たな参加者の申請が行われたようです！　本来であればすでに締め切りは打ち切っているのですが、この挑戦者、少々普通ではない様子！　ずばり、勇者の教導官です！』

「なんでっ……」

あんまりにもタイミングが良すぎる上に、他の三級はろくに紹介なんてしていなかったのに俺だけこうも特別扱いなことに宮野は驚いた様子を見せているが、何もおかしなことではない。

「まあ、最初から仕組まれてるってことだろ」

とにかく、これで逃げるわけにはいかなくなった。こうも堂々と発表されちゃあ、宮野と無関係を装うこともできやしないからな。

「ま、学生の遊び程度、それなりにこなすさ。ああでも、お前達は俺を見つけても攻撃しないでいてくれると助かる。チーム全員が参加するっつっても個人戦だからな。流石に手の内がバレてるお前が相手だと、きついものがある」

「それは構いませんけど……」

「でも、それ、最後まで戦わなかったら、それはそれで問題にならないかな？」

「なんか言われるだろうが、そこまでじゃねえだろ。それに、最後に残ったのが俺達だけだってんならその時は普通に倒してくれてかまわねえよ。つっても、その前に降参するけどな」

いくら教導官といえど、流石に『勇者』チームのメンバーと本気で戦うのは避けたいという思いは汲み取ってもらえるだろうし、同じチームだから今後に影響がないようにした、とでもいえば納得させられるはずだ。

「それにまあ、ここらで一回叩いておいた方が、後々の面倒も消えるだろ」

どうせここでどうにかして戦いを避けたところで、あの手の輩は後で突っかかってくるもんだ。だったら、ちょうど向こうが舞台を整えてくれたんだし、それに乗って叩くのも悪くはない。

「とりあえず、参加するのは決まりなんだ。ほれ、もう始まんだから行くぞ」

「……はい。それじゃあみんな、行くわよ」

まだ納得しきっていない様子の宮野の肩を叩き、俺達は会場へと向かうために立ち上がる。

「オッケー。ま、それなりに頑張るとしますか！」

「佳奈。全力出して潰さないように」

「しないってば～。晴華こそ、あんまし本気出すとまずいっしょ」

「結界が張ってあるから平気。治癒師もいる」

「でも、やりすぎると失格になっちゃうから、あんまり無茶はしないようにね」

「大丈夫。今日は遊び。初撃で一掃することもしない」

「それをやられたら、流石に運営側も困ることになるわね」

「わかってる。だから今日は一人ずつヤッてく」

気楽な様子で話しながら、俺を含め、宮野達は待機エリアへと向かっていった。

待機エリアで詳細に話を受けた後、俺達はそれぞれ屋外訓練場のバラバラの場所に行くように指示された。どうやら不正を防ぐためにばらけて配置させるらしい。
「おや、参加しないと言っていたくせに、参加するようだね」
周りに観客がいる中、訓練場に出ていくなり笑みを浮かべた戸塚に遭遇した。まあ、遭遇したというかこいつが待ってただけだろうけど。

「まあな。どっかの誰かがくだらない悪戯したみたいでな。勝手に登録されてたんだよ」

「悪戯か。それはさぞ恨まれでもしてるんだろうね」

「まあな。勇者と組んでると、こいつを目当てに近寄ってくる変態が多いこと多いこと。分不相応な逆恨みってのがあるんだよ」

変態か分不相応か、どっちかの言葉が気に入らなかったのだろう。戸塚は不機嫌そうに僅かに眉を寄せた。

「分不相応？　それを言ったら君こそ今の立場に相応しくないんじゃないのかい？」

「そりゃあ俺自身思ってるさ。なんだって俺みたいなのがこんなところにいるんだろうな、ってな」

「それならば、さっさと辞めればいい」

「そうしたいのは山々だが、辞めさせてくれねえんだよな、これが。それに、お前よりは相応しいって自信があるしな」

そして、そこまではっきりと言ってしまえば分かりやすいくらいに表情が歪められ、睨まれた。

「……なら、この戦いで証明してみるといい。それができれば、の話だけど」

数秒睨み合ってから、戸塚は不機嫌そうな様子のまま背を向けて去っていった。

「ねえちょっと、本当に大丈夫なわけ？」

「あの様子ですと、何か仕掛けてくるような気がしますけど」

「まあ、来るだろうな。だが、それはお前らが気にすることじゃねえよ。俺は俺でなんとかするから、お前らは自分のことを気にしとけ。あれは腐っても勇者だ。実戦での強さはともかくとして、スペックだけなら宮野と同格なんだからな」

「はい」

俺の言葉に宮野ははっきりと頷き、他の三人もそれぞれ頷きを返してきた。

この調子なら下手な失敗をすることもないだろう。あとは俺がしっかりやるだけだな。

◆◇◆◇

『えー、それではルールの再確認です。と言っても、先ほどまでと変わりません。全員が追う者であり、同時に追われる者でもある鬼ごっこ。言い換えるなら、バトルロワイヤル形式での個人戦です。他の参加者に一撃を入れられると失格となります。参加する者の体は、有効打を受けそうになると赤くなる守りの魔法によって保護されているので、怪我をする心配はありません。ただし、故意に危険な行動をとろうとした場合は失格となります』

結界が張ってあるためか、使うのは模擬剣ではなく自前の装備が認められた。これは宮野達も同じで、普段使い慣れている武器での戦いとなった。まあ、浅田のなんて代替品を用意しろって言われても無理だろうしな。何せ大槌なんて普通は使わないような武器だし。

だが、武器はまともなものではあるが、それ以外の装備はまともではない。何せ、今日の営業が終わってからそのまま来たのだ。身につけているものはドレスのままである。

そのことに待機エリアに行ってから気がついたので、着替えなくて良いのかと宮野達に聞いてみた。だが、せっかくの文化祭だからと最後まで楽しむために衣装をそのままにすることにしたらしい。

まあ命懸けの真剣勝負ではなく遊びの類だし、他にも着ぐるみ参加の奴とかいたからさほどおかしいってわけでもないだろ。ドレスに剣や大槌なんてのは違和感がすごいけどな。

『それではこれより文化祭、特別公開訓練の締めを飾る一戦を始めます！　ゲストとして勇者がやって来ており、参加者の中にも勇者がいる。さらには勇者の師匠まで戦う！　皆様、心してご覧ください！　この戦いはきっと忘れられないものとなることでしょう！

それでは――始め！』

司会が合図をすると戦いが始まり、訓練場に散らばった者達が動き始める。宮野も俺から離れた場所に配置されているが、まあ向こうは心配なんていらないな。

それよりも……こっちだな。

「いきなり攻撃とは、勇者様のやることじゃないんじゃないか？」

『おーっと⁉　開始早々氷剣の勇者が天雷の勇者の師匠へと攻撃を仕掛けたぞ！』

突然飛んできた氷の剣を弾くと、それを見ていたらしい実況の声が響いた。

「その辺のモブをまともに相手するような立場ではないからね」

「じゃあ俺みたいなモブなんて無視してどっか行けよ」

「そうはいかないんだ――よ！」

言葉の途中で魔法を放ってくるという、卑怯とも取れる攻撃をしてきた戸塚だが、俺としてはなんら問題なかった。

飛んできた氷の剣を、持っていた剣で逸らし、背後に流す。

「この程度は問題ないようだね。でも次は――あっ⁉」

『ああっ！　どうしたことでしょうか、氷剣の勇者！　攻撃を開始したかと思ったら、いきなりバランスを崩して倒れてしまった！』

カッコつけて話をしていた戸塚だったが、その言葉の途中で急にバランスを崩してみっともなく声を出しながら転んだ。まるで、足元に氷でも張っていたかのように。

「ぐ……なんだこれは。……氷？　……そうか。君は、氷の使い手だったか」

転びながらも手をつくことができた戸塚は、なぜ転んだのか確認するかのように自身の足元を確認し、そこでようやく転んだ原因に気がついたようで俺のことを睨みながら呟いた。

「まあそうだな。使う魔法がお揃いだぞ。嬉しくもなんともないけどな」

そう言いながら魔法を構築し、戸塚に当たらない角度で拳大の氷を放つ。

後ろへと抜けていった氷へチラリと視線を送った戸塚だったが、すぐに正面にいる俺へと意識を戻した。

「それはこっちのセリフだ」

そう言うなり戸塚は足元にあった氷を消し、ゆっくりと立ち上がった。どうやら俺の出した氷は戸塚の魔法によって消されたようだ。やっぱり、氷の扱いとしては向こうが上か。でもまあ、『勇者』と三級ではこんなもんだろう。

「だが、君にとっては最悪の相性のようだね。そして、僕にとっては最高の相性でもある」

再び立ち上がった戸塚は、先ほどの失態はなかったかのようにカッコ付けた振る舞いをし始めたが、数秒前の姿を知ってるだけに滑稽に見える。

「氷の使い手である僕に氷の魔法で挑もうだなんて、勝ち目があると思っているのか？」

氷使いとして自分に勝てるのか、ねえ……。勝ち目がなければ戦うことなんて選んでないし、そもそも三級程度の氷で転んだ奴が言うセリフじゃないよな。

「俺の氷ですっ転んだ奴が、何言ってやがるんだよ――おっと！」

俺の言葉を遮るように再び氷の剣を放ってきた戸塚だったが、今回も問題なく対処していく。

『流石は勇者の師匠！　ここまで氷剣の勇者と互角の戦いを繰り広げています！　氷剣の勇者はこの辺りで状況を変えたいところでしょうが……ああっと⁉　氷剣の勇者、ここでこれまでの氷の剣とは違う魔法を構築し始めた！　果たしてこの魔法は状況を変えることができるのでしょうか⁉』

俺が迫ってきた氷の剣に対処していると、戸塚が別の魔法の構築を始めた。

「あの構築の感じだと……大技か」

「伊上さん！　後ろに下がってください！」

『ああっ！　今度は弟子である天雷の勇者本人が登場だあっ！』

「宮野？　来たのか。でも、いい。あれくらいなら……」

宮野は戸塚の攻撃から庇おうと思ったのか、それまで近くにいなかったにもかかわらず突如として俺の前に現れた。

だが、この程度なら宮野に守ってもらうまでもない。

魔法を構築中の戸塚に向かって軽く魔力の弾を放ち、魔法を妨害する。

「まあ、こんなもんだ」

妨害を受けた魔法は、そんなものは最初からなかったと言うかのようにフッと溶けて消えた。

自分の魔法なのに自分の意思に反して消えてしまった魔法のあった場所を、戸塚は目を見開いて驚きを露わに見つめている。

正直、随分と簡単だった。普通はちょっとぶつけた程度じゃ壊れないんだが、戸塚の場合はあまり訓練もしていないんだろう。魔法の制御がガバガバだった。

発動させればそれなりにでかい魔法を放てるのかもしれないが、そもそも放つまでがお粗末すぎる。強いて褒めるなら、あの氷の剣は発動が早いってことくらいだな。威力も狙いも微妙だけど。

『え？　あれ？　なんで……あっ。え、えー、なにがあったのでしょうか。氷剣の勇者が用意した魔法ですが、発動されることなく消えてしまいました。これはどうしたことでしょうか？』

「なにを、した……？」

実況は俺がなにをしたのかわかっていないようだが、それは戸塚も同じだった。

「敵に問われて答えると思ってんのかよ、『勇者』様？」

やったこと自体は単純なことだが、だからといってそれを現在進行形で敵対している相手に話すのかと言ったら話すわけがなく、バカにするように返した言葉に、戸塚はギリッと歯を食いしばる。

「まだだ！　今のはほんの挨拶程度のものだ。次は本気でいかせてもらう！」

「挨拶程度って、こんだけやって今更挨拶かよ。しかもその『挨拶』に失敗してんじゃねえか。だせえな」

戸塚は今の攻撃を挨拶と言ったが、ならその前の氷の剣はなんだったんだ？

それに、今の『挨拶』だって肝心の魔法を放つこともできずに失敗しているんだから、ダサいことこの上ない。

だが、そうして戸塚を挑発していると、宮野が不安そうに声をかけてきた。

「い、伊上さん？　挑発なんてしていいんですか？」

「覚えておけ、宮野。自我があってそれなりにプライドがある相手ってのは、挑発すると簡単に倒せるようになるもんだぞ」

感情の揺れは威力を増すことができるが、冷静さを失えば意味なんてなくなる。

俺は戸塚のことをバカにしているが、その能力までバカにしたつもりはない。三級の俺と『勇者』のあいつが戦うのであれば、こう言った小細工は必要なのだ。

「とりあえず、あれの相手は俺がするから、引き続きお前は他の奴らと遊んでろ」

「……あんまり無茶はしないでくださいね」

そう言い残して宮野は他の参加者達を倒すべく移動をし始めた。

「そりゃあ、あいつ次第だなあ」

俺としては穏便に済ませたいんだが、戸塚としてはそうはいかないだろう。バカにされた上、今は自分の攻撃も防がれたんだ。ここで俺を倒せなければ自分の名に傷がつく。それは許せないことだろう。

だからこそ、俺を倒すために本気で攻撃をしてくるだろう。……ああ、ほら。今もさっきと同じでかなりの規模の魔法を構築し始めた。まあ、壊すんだけどな。

「なんで……なんでお前みたいな奴に僕の攻撃がっ……！」

今回は二度目だったからか先ほどよりも動揺は少ないみたいだが、それでも完全に動揺しないと言うことは無理なようで、戸塚は悔しげに俺を睨んでいる。

『えー、私も知らなかったことですが、現在行われていることは、相手の魔法の構築を乱し、破壊するという技術のようです。これはそうそうできることではないとのことですが、

流石は勇者の師匠と言ったところでしょう！』

どうやら実況に解説した奴がいるようだ。まあ、わかる奴もいるか。別に、俺にしかできない技術ってわけでもないしな。

「どうした？　挨拶はもう終わりか？　一度もまともに挨拶できてねえみてえだが……お前、本当に『勇者』かよ？」

「うる、っさい！」

大規模な魔法を使うことは諦めたのか、戸塚は氷の剣を生み出した。だが、それは先ほどまでのように一本だけではなく、二本三本とどんどん数を増やしていく。おそらく、今までの戦いから氷の剣なら消されないと考えたのだろう。

すぐにその考えに至れるのは優秀だと思うし、あれだけの数を生み出し、維持し続けるのは流石と言ったところだろう。だが……

「作ってすぐに放たないんだったら意味ねえなぁ」

今まで俺が氷の剣を破壊しなかったのは、作り始めてから放つまでの間が短かったからだ。だがそれが作ってから待機させる時間があると言うのなら、普通に壊すことができる。

「くうっ……ふざけるなあっ！」

戸塚はここが人目がある場所だと言うのを忘れているのか、普段の外面を捨てて感情を露わに叫んだ。

叫び、だがこのまま負けていられないと考えたのだろう。氷の剣を作り、今度は止めることなくすぐに放ってきた。それがマシンガンのように止まることなく連続で行われる。

流石にこれだけの数は弾くことができないし、避け続けることもできない。だが、すでに手は打ってあるんだ。この程度、無効化することくらいなんの問題もなくできる。

「なっ、んんっ！　あっ――」

『あっと、どうしたことでしょうか氷剣の勇者！　なにやら不思議な動きをしていますが、これも勇者の師匠が何かを仕掛けた結果なのでしょうか？』

俺を攻撃するために連続で魔法を放ち続けていた戸塚だったが、急に悩ましげな声を出したかと思うと、びくりと体をのけぞらせて魔法を止めてしまった。まるで、急に冷たいものが肌に触れたかのような反応だ。

しかも、それだけではなくなぜか不自然に自分の尻を押さえている。まあ、なぜかというか、俺がやったからなんだが。

仕掛けた罠を受けた戸塚が動きを止めている間に、俺は次の準備へと移る。

「う、あっ……こ、このおっ！」

若干艶の感じられる声を出しながら叫んだ戸塚だが、それと同時に全身から魔力を放出して俺の仕掛けた罠を吹き飛ばした。

「い、今のは……お前……この、ふざけたことをっ！」

どうやら戸塚はだいぶお怒りのようだ。まあ、そうだろうなと自分でも思う。あんな仕掛けを受けたらムカつくし、戸塚のプライドも加味すれば、まあ控えめに言って怒り心頭ってもんだろう。

「くっ……このおっ！　もう大人しく死ねよ！」

仕掛けを壊されたことで再び放たれる氷の剣。だがそれは放たれることなく砕け散った。戸塚のそばで生成された氷の剣は、戸塚が怯んでいる間に施した細工によってまともに形を作ることができず、その輪郭を歪ませ、砕け、消えていく。

「な、なんでっ……！　さっきまでは効いてただろ！」

「そりゃあさっきまでの話だな。気に入らないんだったら強引にでも押し通してみろよ」

「言われなくともそうしてやるさっ！」

俺の挑発に乗るように戸塚は止まることなく氷の剣を生成し、放たれる前に俺がそれを壊す。そんな事の繰り返しだ。

何をしているのかと言ったら、先ほど戸塚が怯んでいる間に魔力をばら撒いておいただけ。あの場所で戸塚が魔法を使おうとすれば、そこに俺の魔力という余分が混じり、魔法だからまあ、あの場所から動かれると全く意味がなくなるんだが、戸塚は俺の挑発に乗ってしまったために氷の剣を生成しては砕け散るということを繰り返している。

『勇者と勇者の師匠。氷が出現し、砕け、キラキラと光を反射する二人の戦いは、見ている分にはただ綺麗な光景と思えることでしょう。ですが、あの砕けていく全てが魔法による攻撃と、それを無効化された結果なのですから、その攻防の激しさがわかると言うものです！』

実況の言う通り、見てるだけだと戦いって感じはしないだろうな。ただ氷が砕ける様子を見せられてるだけだし。

……だがまあ、もう結構戦ったし、勇者相手に優勢な状況を作り出すことはできた。となれば、ここでリタイアしてもいいかもしれないな。最初から戦わなかったり、劣勢の時にリタイアすれば普通に負けたように思えるけど、優勢の時に無傷でリタイアをすれば、戸塚という『勇者』の顔を立ててあえて〝負けてあげた〟と捉えることができる。

どうせこのまま本気で戦うことになったら俺が負けるか、あるいは怪我をすることになるだろうし、それはめんどくさい。だからまあ、ここでリタイアしておくのが無難だろう。

『――え？』

そう思って手を上げようとしたその時、突如異変が起きた。

戸塚の頭上に、黒い点のような物が発生した。その黒い点は不思議な『圧』を放っており、そんなものが頭上にできたとあって戸塚も攻撃を止めて空を見上げた。

「なん……なに、が……？」

「これは……ゲートっ!?　宮野！」

「は、はいっ！」

その黒い点がゲートの兆候だと判断し、俺達からあまり離れすぎないように近くで戦っていた宮野へと呼びかけ、その声に反応して宮野は俺のそばへとやってきた。

『み、みなさん落ち着いてください！　現在先生達が状況を確認して——』

実況が観客達に対して放送しているが、しばらくは落ち着くことはないだろう。

「伊上さん、あれって……」

「とにかく今は退避だ！　浅田達と合流するぞ！」

これがもし本当にゲートなのであれば、何が起こるかわからない。であれば、なにか起きても対処できるように、浅田達と合流するべきだ。

ただ問題は、訓練場に散っているので一箇所に集まるのが難しいことだが……

「あれは安倍か？　ナイス判断」

宮野に真上に雷を撃ってもらおうかと思ったが、その瞬間俺達から少し離れた場所で炎が上空へと放たれた。

この状況でいきなりそんなことをするのは意味不明に感じるだろうが、あれは目印だ。ここに集まれってな。もしかしたら安倍ではないかもしれないが、その場合でも他の奴らもあそこに集まるだろうからどのみち合流できるだろう。

そう判断し、俺は宮野と共に安倍がいるらしき場所へと向かった。

「ん、来た」

炎が打ち上がった場所の真下へと向かうと、そこにはやはり安倍がいたが、安倍だけではなく他の二人もいた。

「あ、こ、浩介！　なにが起こってるわけ⁉」

「知らん！　北原、なにがあっても対応できるような結界を俺達に。それから、余裕があれば周りの奴らにも使え」

「は、はい！」

ゲートらしき黒い点が徐々に大きくなっていく中で、俺達はなんとか浅田達三人と合流することができ、そのおかげで少しだけ人心地ついた。

だが、ここで気を抜くわけにはいかない。あんなものができたってことは、絶対にこの後何かしらが起こるって事なんだから。

「安倍はいきなり敵が来てもいいように魔法の待機をしとけ」

「お、おいっ！　これは一体なにが……なにがどうなっているんだ！」

「宮野と浅田も敵が来てもいいように警戒をしとけ」

俺達の後を追って戸塚がこっちにやってきたが、無視だ。こんな奴とおとなしくお話をしている余裕なんてない。というか、こいつは特級の『勇者』であるにもかかわらず、この状況で何が起きてるのか理解できないのか？　だとしたら、流石に不勉強が過ぎるだろ。

「チッ！　お前ら警戒し――」

宮野達四人に指示を出して警戒を促そうとしたところで、直径二メートルほどまでに大きくなっていた黒い点が一気に拡大し、視界を黒く塗りつぶした。

「――ろ！　……なん、いや、ダンジョン？　……呑まれたか」

視界を塗りつぶした黒が消えた後、目の前に広がっていたのは一面の草原だった。

軽く見回してみても校舎なんてどこにもなく、そもそも人工物がない。どう考えても先ほどまでいた場所とは違う場所だ。

そして、直前までゲートらしきものが発生していた事を考えると、ここはダンジョンの中ということになると考えられる。

それはいい。いや、よくはないんだが、まだ状況は理解できる。宮野達とも離されていないみたいだしな。問題は、呑まれたのが俺達だけじゃないってことだ。俺達の他にも、戸塚もいるし、さっきまで戦っていた生徒達もいる。そして、観客達も。

ひとまず状況を確認しようとあたりを見回すが、存在しているのは草原と、すぐ近くにある森だけ。他には何もない。

これからどうするか。やはりあの森が重要になってくると思うが……なんにしても、一般人の存在が厄介だな。

草原以外に唯一存在しているものである森を見ながらそんなことを考えていたのだが……

「チッ！」

「え、あっ、伊上さん!?」

何も言わずに突然走り出した俺に対し、宮野が慌てたように声をかけてきたが、その声を無視して俺は剣を引き抜き、切り掛かる。

「え？　き……きゃあああっ！」

抜き身の剣を持った俺が近づいてきたことで、一人の女性が絹を裂くような悲鳴をあげた。

だが、そんな悲鳴を無視し、剣を振り下ろした。

振り下ろしたと言っても、女性を斬ったわけではない。その後ろ、森からやってきた獣のモンスターを斬ったのだ。

すぐ近くで斬ったせいで怖い思いをさせたし、その血がかかってしまっているが、それは仕方ないと割り切ってもらおう。何せ、モンスターは今の一体だけじゃないんだから。

「伊上さん！」

そう言いながらまだ残っていた獣を斬ったのは宮野だ。宮野は獣の一体を斬ったかと思うと、そのまま残っていた他の獣型モンスターも処理していった。

いきなりだったし混乱してるだろうが、それでも危なげなく動けているのは成長の証だろう。

「ちょっと浩介！ これなにが起きてるわけ？」

敵を倒していった宮野がこちらに戻ってくるのに合わせて、浅田達も小走りに駆け寄ってきた。

「おそらくだが、ここはゲートの中だ」

「ゲートッ⁉ なんで⁉」

「なんでっつわれてもな。突発的なもんだったってだけだ」

「でもあたしら入ってないじゃん！」

「まあそこが普通のやつとは違うところだな」

　さっき俺達は、ゲートの発生を見ていたが、その中に入ってはいなかった。それどころか遠ざかろうとしていた。なのに結果はこの通り。みんな仲良くダンジョン行きだ。浅田の疑問も当然だろう。

　通常、ゲートは発生してもすぐに何が起きるということはない。精々が時間をかけると中からモンスターが出てくるというだけで、速やかに対処すれば問題ないのだ。

　だが、中には例外もある。前にニーナと外出時に見たゲートのように発生からすぐにモンスターが出てくるタイプのものもあれば、今回みたいに周囲にいる者を自身の内に引き摺り込むタイプのものもある。あとはゲートの中にダンジョンを作るのではなく、こちらの世界にダンジョンを広げる反転型とかな。

「授業でやんなかったか？　ゲートにも通常型だとか反転型だとか種類があるって。今回のは捕食型だろうな」

「発生する際に周囲の生き物を取り込むゲート」

　俺の言葉に安倍が捕食型のゲートについて補足を入れ、俺はそれに頷く。

「そうだ。なにが起こるかわからない上に、準備してたわけじゃないからろくな装備もない状態で挑まなくちゃいけない厄介なやつだな」

「捕食型、ですか……」

俺達は遭遇したことがなかったが、やはり知識としては知っていたのだろう。宮野は納得したように落ち着いた様子で呟いている。

「でも、そういう特別なやつってそうそう出ないんじゃないの？　そう習ったんだけど？」

「そういう予測を外れるから特別って言うんだよ。でもまあ、そうだな。特別ってのを言い換えるなら——イレギュラーだ」

特別というと希少な感じがするが、ダンジョンにおけるイレギュラーとはそんなに少ないものでもない。実際、こいつらだってすでに二度も経験している。

そして、そんな経験があるからだろう。宮野達四人は、『イレギュラー』と聞いた瞬間意識が切り替わったようで、纏う雰囲気が変わった。

「どうするんですか？」

どうもこうも、俺のやることなんて一つしかない。生き残るために戦う、だ。

「そりゃあ生き残るために動くが、その前に……」

そこで一旦言葉を止めると大きく息を吸い込み、目の前で半狂乱になっている奴らに向かって叫んだ。

「冒険者あああ！　お前ら狼狽えてねえでしっかりしろ！　学生だろうと一般であろうと、冒険者は武器を持て！　ここはダンジョンの中だ。ダラダラしてっと死ぬことになるぞ！」

　全員に聞こえるように在らん限りの声を張り上げて指示を出す。

　すると、それまでは狼狽えていた冒険者達は、すぐに気を取り直して各々の持っている装備を構えた。

　冒険者はこれで良いだろう。冒険者達と言っても、呑まれた時の場所が場所だから学生が大半だ。そのため速やかな行動とはいかないだろうが、それでも戦う力があるという事実が落ち着きを与えてくれるはずだ。

　次は一般人についてだな。

「それから覚醒してない一般人！　お前らは無駄に騒いでないでこっちに集まれ！　ばらけてると守りたくても守れねえ。集まらなくて死んでも知らねえぞ！」

　一般人に戦えとは言わない。むしろ戦おうとしても無駄に邪魔をするだけで終わることになる。だから戦わないのは良いんだが、せめて守られる者に相応しい動きをしてほしい。

　無駄に喚くとか、もっとこうしろああしろと命令してくるとか、好き勝手ばらけて行動するとか、そんな奴は邪魔になる。

ただ一箇所にまとまって行動し、大人しくしてくれればそれで良いんだ。その事を伝えると、なんだかんだと不満や文句を口にしながらも、我先にと俺の前に集まり出した。

やっぱり、こんな状況ではどこの誰ともわからない存在からの言葉であろうと、指示があるというのは安心できるものなんだろう。

「一般人は集まったらそのまま待機！　冒険者は一般人を囲むように立って敵の警戒をしろ！」

一般人は一箇所に集めることができた。あとは冒険者達で周りを囲って防衛陣形を築けばひとまずの指示出しは終わりだ。

だがやることが終わったわけではない。むしろ山積みだ。次にやるべきは、有力な冒険者を集めること。そして、現状のすり合わせや今後の方針について話をしていくことだな。

「それから――」

「おい！」

「なんだ？」

だがそうして冒険者達に呼びかけようとしたところで、おそらくは冒険者であろう軽く武装した男が言葉を遮ってきた。

「なんだはこっちのセリフだ！　なんだってめえみてえな奴が仕切ってんだよ！　てめ

え何級だ？　ああ？　俺より高えのかよ？　言ってみろやオラ」

「……伊上浩介。三級だ」

「三級だあ？　はんっ！　んな雑魚がなに仕切ろうとしてんだよ！　てめえみてえな雑魚はお呼びじゃねえんだよ！」

一瞬素直に教えるべきか否かと迷い、嘘をついてバレても厄介なことになると判断して教えたのだが、やっぱり面倒なことになったな。

要は、こいつは俺みたいな格下に命令されるのが気に入らないわけだ。分からなくもない。何せこんな命のかかった状況だ。変な奴の指示を受けて危険に晒されるなんてとてもではないが受け入れられない。

そうでなくても力を持ってる奴ってのは好戦的だからな。命がかかっているこの場でなかったとしても、俺ごときの言葉に従うのは不満なのだと思う。

別に俺はこいつらに命令したいわけではなく、ただ安全を確保したいだけなのだが、それを口にしたところで受け入れるものでもないだろうな。

「ちょっと！　あんたなに様のつもりよ！」

さてどうしたものかと考えていると、横から浅田が割り込み、叫んできた男に向かって逆に怒鳴り返した。

「あ？　んだよ、てめえは。学生か？」

突然浅田が現れたことで訝しげにしていた男だが、浅田の見た目は単なる女子高生……ですらないか。今の浅田の見た目はドレス姿だ。一応武器である大槌は持っているが、それでも浅田が強いとは思いづらいはずだ。

だからまあ、当然というべきか。男は浅田と睨み合いになった。

「私は『天雷の勇者』と呼ばれています。宮野瑞樹です」

「はあ？　勇者？　お前が……？」

だがその睨み合いが数秒もしないうちに、宮野が割り込み、名乗った。

宮野の名乗りを聞いた男は訝しげな様子を見せたが、『勇者』という名前は効果があったのだろう。浅田を睨むのを止め、今度は宮野を観察するように見回し始めた。

「はい。そして、彼は私達の教導官であり、その判断には全幅の信頼を置いています。伊上さんの指示は、勇者である私からの指示であると判断していただいて構いません」

不躾と言える男の視線を無視して、宮野は堂々と言い放つ。

すると、男は一度舌打ちをするとそれ以上は何も言うことなく引き下がっていった。どうやらひとまずは認められたようだ。

「ひとまず一級以上の冒険者は集まってくれ。他はそのまま警戒しつつ待機だ」

　そんな男から視線を外し、周りを見回しながら冒険者達を集めることとした。

「コースケ」

　集まるようにと告げると、一区切りついたと判断したのか安倍が俺のことを呼んできた。

「なんだ？」

「あの森、魔力が集まってる」

「……それは、ゲートか核があるってことか？」

「違う。森そのものが魔力を帯びてる」

　安倍に言われるまで分からなかったが、確かに言われてみれば森……というよりも木そのものが魔力を帯びている気がする。もっと近くに寄らないとはっきりとは分からないが、何かあることは確実だ。木そのものがモンスターなのか、あるいは他に仕掛けがあるのか……。何があるのかはわからないが、何かあることは分かった。それは十分収穫と言える。

「あそこに何かしらあるのは確実ってことか。……わかった。ありがとな」

「ん。ご褒美はベッドでいい」

「なら、少しお高めのベッドを買ってやるよ」

「違う……」

　安倍の言っている〝ベッド〟の意味は理解していたが、それをとぼけるように別の意味として答える。

俺の答えが不満だったようで、安倍は持っていた杖で軽く俺の額を叩くと、宮野達のところへと戻っていった。

指示を出し、安倍と話してから少しすると冒険者達が集まり出し、俺達は一般人の集まっている場所から少し離れたところで話し合いを始めることとした。

「あんた達に集まってもらったのはこれからの方針について相談したいからだ」

この場に集まった冒険者はみんな一級以上の者。その大半は学生だが、一般の冒険者も存在している。その中には、先ほど叫んできた冒険者の男もいた。

そんな集まった冒険者達の前に、足元に土の台を作って俺の姿がみんなから見えるように立ち、一度その場を見回してから口を開く。

「だが、その前にまず現状の確認といこう。今は突発性の特異型ゲートによってあのイベント会場周辺にいた者達が強制的にダンジョンの中に引き摺り込まれた。強制的に引き摺り込まれたために、出入り口がわからず、すぐに帰還することは難しい。そして出現したばかりのゲートであるため敵の強さもわからず、なにが出てくるかもわからない。強いて言うなら草原や森林系統のモンスターだろう。加えて、あの森自体が魔力を帯びているようで、何があるかわからない」

入り口から入ればその場所が分かるが、今回はそうではない。強制的にこの場所に送り込まれたので、出口がどこにあるのかわからない状態だ。なので、帰るにしてもまずはゲートの位置を特定するところから始めなければならない。

「ここからが本題だ。このダンジョンから生きて帰るにあたって、三つの道がある。一つはゲートを探して逃げる」

まあこれは普通な考えだな。一般人もいるんだし、無駄な戦闘を極力避けてこのダンジョンから外へと逃げる。

「もう一つは、このダンジョンの核を破壊して安全を確保することだ。核を壊せば魔力の流れに変化ができ、おおよそのゲートの位置が分かる上、全てのモンスターが消滅するから安全を確保できる。敵が出ないから一般人でもゲートの探索に使うことができる」

ダンジョンはそれを構築している核を破壊すれば、核に向かって集まっていた魔力が散らばり、ゲートの外へと向かう。空気の流れと同じだ。換気扇を回している間は空気はそちらに流れるが、換気扇が止まれば外へと通じている場所に空気が流れ込む。イメージとしてはそれの魔力版と思えばわかりやすいかもしれない。ダンジョンの核という換気扇が停止すれば、魔力は他の出口を目指して進む。あとはその流れを追っていけばその先にゲートがある。

ダンジョンの核を探しながら、同時にゲートも探すことができるので、逃げる手段が二つあることになるので効率だけを考えれば悪くない。

だがこの方法、一見いいことずくめに思えるが、そうではない。

「ただし、この場合の欠点は敵と戦うことになるってことだ。核に近づくほどモンスターが増えるのが普通だからな。だが、このダンジョンについて何も知らないのに、出てくる敵を倒すことができるのかって問題がある。それに、ダンジョンの核を破壊したら二十四時間以内にはこのダンジョンから出ないといけない可能性があるってことだ。じゃないとダンジョンの崩壊に巻き込まれるからな」

ダンジョンの規模にもよるが、小さいものであれば二十四時間も経てば崩壊してしまう。

ダンジョンとはある意味一つの世界だ。その世界が崩壊する際に中にいれば、そいつも一緒に死ぬこととなる。冒険者だけであれば二十四時間もあれば逃げ切ることはできるかもしれないが、一般人も一緒となるとどうなるかわからない。

「もう一つの逃げる方は、一般人を守りながら移動しないといけないから探索範囲が狭まるし、移動速度が遅くなる。戦闘でも一般人が邪魔になることはあるだろう。何日も彷徨うことになるかもしれない。だがその代わりに、こっちは時間制限がない」

　ダンジョンの核を壊さないでただゲートを探すだけであれば、どれだけ時間をかけても問題ない。と言っても、実際にはあまり時間をかけることはできないけどな。だって、時間をかけ過ぎれば絶対に問題が起こる。主に、人間同士の不和という形で。

「あとはまあ三つ目の道だが、一応救援部隊が来るだろうから、それを期待してこの場で拠点を作製して待機するって案だ。けど、個人的にはやめた方がいいと思ってる。このダンジョン内と向こうの時間の流れが同じとも限らないからな。ないとは思うが、千分の一、万分の一ってこともあり得る。最悪の場合は数ヶ月ここに留まり続ける事になりかねない」

　ダンジョンの中には、特殊な時間の流れをしているものも存在しているため、内と外でズレがある場合もある。普通はゲートが出現した初めての調査でその辺りのことが分かるんだが、今回は調査も何もなくいきなり放り込まれたからな。どうなっているのかさっぱりなのだ。

　だからこの場所に留まるというのは、一年だろうと耐え切る覚悟がなければやるべきではないと俺は考える。

「以上を踏まえて、どれを選ぶべきだと思うか。それを聞きたい」

　話し終え、今度はみんなの意見を聞きたいと水を向けると、その場に集まっていた学生達はお互いの顔を見合わせて悩み、それ以外の冒険者達は各々考える様子を見せる。

俺が問いかけてから十数秒ほどして、一人の冒険者が手を挙げて口を開いた。

「一ついいか？　俺は基本的にはゲート探して逃げるってんでいいと思ってる。一般人が行動の邪魔になるというのはその通りだと思うが、まあ守ること自体は賛成だ。だが、守るにしても限度がある。今いる一般人は、ざっと百人ってところだが、それだけの数を全部守れってか？　そりゃあ無理ってもんじゃないか？　多分だが、何割かは怪我をすることになるだろうな。それとも、小さな怪我もさせないように俺達が命懸けで、身を挺して守りぬけばいいのか？」

そう話す冒険者の表情は真剣で、それを聞いた他の冒険者達も同じく真剣な表情をしている。だが、それも当然だろうな。こんな突然の状況で足手纏いである一般人を全て守り通せなんて、自分達が危険になるだけなんだから。

「理想を言えば一般人は全員無傷で、と言いたいが、まあ無理だろう。だから、必要となれば一般人だろうと戦ってもらうことになるだろうし、必要とあらば切り捨てる」

理想としては全員無事で、と言いたいが、現実としてそれは無理だと思っている。だから、考えとしては『守れるだけ守る』だ。

「わ、私たちは一般人なのよ⁉　戦えるわけないじゃない！」

「そうよ！　私達みたいな市民を守るのがあなた達の役目でしょ！　ちゃんと守りなさいよ！」

だが、そんな俺の考えが気に入らない、というか受け入れられないのだろう。比較的俺達の近くにいた一般人に俺達の話が聞こえていたようで、抗議の声を上げてきた。

それは確かに認められるものではないだろう。何せ自分の命がかかっているんだから。

だが、そんなのは知ったことではない。命がかかっているのはこちらも同じだ。

しかも、役割だ？　そんな役割なんて知らないし、存在しない。

「うるせえ！　今の俺達の役目はな、お前らを守ることじゃねえ。自分達が生き残るために足掻くことだ。自分達が生き残るために戦ってんだよ、俺達は。自分達が守られて当然だなんて勘違いしてんじゃねえ」

確かに誰かを助けることは良い事だ。困っている者を見捨てないのは正しいことだ。そこは否定しないさ。

だが、それも状況次第だ。普段の考えで正しいことが、この状況でも正しいかは別だ。

それなのに普段の正しさを持ち出して、さも正しい事を口にしているかのように振る舞う奴なんて、今は邪魔になるだけだ。そんな自分は正しいんだと、正しい事をしているんだと悦に浸るだけのお遊びは、地球に戻って安全を確保してからにしろ。

「守って欲しいなら、守られる側に相応しい態度ってもんで行動しろ。うるせえだけの奴はただの害虫と同じだ」

これは俺の嘘偽りのない考えだ。守られる側にも、守られるに相応しい態度や振る舞いがある。だがそれを理解できないのだろう。俺に文句を言われた奴らは、金切り声を出して叫び、文句を言っている。

「っつーか、俺からもいいか？　そいつら守る必要あるか？」

そんな叫んでいる者達が気に入らなかったんだろう。先ほど喋っていた冒険者とは別の者が、顔を顰めながら一般人達を指差して話しだした。

「俺達は今、このゲートに喰われたわけだが、こちとら装備もまともに整ってねえんだ。何せ文化祭に遊びに来てただけだからな。んな状態で生き残れって、自分が生き残るだけでも厳しいもんがあるんだぞ？　そん中で足手纏いまで守れって？　冗談だろ。一般人を全部見捨てて、冒険者だけで逃げた方がいいんじゃねえかって俺ぁ思うんだが？」

確かに、俺達が生き残るだけならそれが一番効果的だ。冒険者だけなら素早く移動できるし、無駄に守りに力を割く必要もないんだから。

それはわかっているが、それでも俺はできる限りの者を助けたいと思っている。

だが、その考えをこの場にいる者達に強制するつもりはない。

「それならそれで構わない。お前はお前で同じような考えの奴らと一緒に行動しても俺はそれを咎めたりしない。できることなら一般人全員を助けたい、なんて馬鹿げた考えは俺のものだからな。お前達に強制するもんでもない。まあ、手を貸して欲しいとは思うが」

「……ちっ」

俺の言葉を聞いたその男は、こっちを見て叫んでいる一般人達へと視線を向けて睨みつけるが、すぐに視線を外して黙り込んだ。舌打ちをしたし不機嫌そうな顔ではあるが、少なくとも今この場で言う事はないようだ。

「それじゃあ、他に何か言いたいことがある奴はいるか？」

そう問いかけながら周囲を見回すと、スッと真っ直ぐ綺麗に手を挙げる奴が出てきた。

「僕は、核を破壊するべきだと思うよ」

「戸塚……」

手を挙げ、発言したのはこちらに向かって歩いてきている戸塚だった。

「おい、あいつってもしかして……」

「『氷剣』か？　あー、そういやさっきも戦ってたんだったか」

前に出てきた戸塚の姿を見た冒険者達は、驚いたり納得したり不快感を示したりと、様々な表情を浮かべて反応してみせた。

その反応は、友好的ではないものが多いように感じられるが、それも冒険者間でのこいつに対する評価を考えれば納得できるものだ。

「ああそうさ。僕は『氷剣の勇者』戸塚涼だ」

そんな冒険者達の言葉に、戸塚は笑みを浮かべながら名乗った。

だが、その名乗りに反応したのは、冒険者達ではなかった。

「あ、ああっ！　そうだ。私達には涼がいるんじゃない！」

「そ、そうよ！　涼くんっていう『勇者』がいるんだから、心配なんてなにもないでしょ！」

どうやら、今まではこんな突然の状況に混乱してまともにものを考えることも周りを見ることもできなかった一般人達だったが、そんな中であっても戸塚涼の名前だけは認識することができたようで俄かに騒ぎ出した。

そして、戸塚の存在を認識してからは反応が早かった。それまでは突然の状況に混乱していた一般人達が、今では目の前にいるアイドルに夢中になっている。

中にはアイドルに興味がない者もいただろうが、それでも有名人が目の前にいるということに変わりはなく、全員が戸塚へと意識を集めていた。

「みんな、落ち着いてくれ。僕はこれから冒険者達と話をしなければならないんだ。不安なのはわかる。でも、少しの間待っていてほしい」

一般人達からかけられた声に、戸塚は笑みを浮かべながら軽く手を振りながら答えた。

戸塚の言葉によって一般人達はそれまでの混乱とは違う騒がしさに包まれたが、この突然の状況に対する混乱は消え失せたようだ。

こいつの『勇者』としての在り方は気に入らないが、今の状況ではこいつの存在は有用だというのは理解できた。

一般人達のことを大人しくさせた戸塚は、一度だけ俺を見つめると視線を外し、俺が立っていた台よりも一回り大きな氷の台を作ってその上に乗り、その場にいた者達を見回してから口を開いた。

「さて、騒がせたね。早速だが、本題に入ろう。ここは特異型ゲートの中だというのは理解しているが、おそらくそれほど大した広さではないはずだ」

「その根拠は？」

「ここにいる人数だよ。あの瞬間、学校には今ここにいる者達よりもはるかに多い人数がいたはずだ。にもかかわらず、呑まれたのはここにいる者達だけ。つまり、学校全体を呑み込むことができるほどの力がないどころか、あの会場を呑み込むことすらできない程度の力しか持っていないということになる。その程度であれば、いかにイレギュラーといえど格付けとしては二級、あって一級と言ったところだろう。間違っても特級はあり得ない」

確かに、過去に発生した捕食型の特級はその被害が尋常じゃなかった。確か二万か三万か、それくらいだったはずだ。それを考えると、たった百数十人程度であれば、小さいと考えられるだろう。そして大きさはダンジョンに出る敵の強さにも関係している。

つまり、ダンジョンの規模が小さいのであれば敵は弱いということだ。

「であれば、敵と戦うことになったとしても余裕を持って倒せるだろう」

一般人を引き連れていく以上余裕とは言い切れないかもしれないが、まあ倒すこと自体はできるかもしれない。そいつが〝イレギュラーではないのなら〟、だけどな。

そもそもこのゲート自体がイレギュラーなんだ。その中に出てくる敵がイレギュラーではない保証なんてどこにもない。だからこそ、俺はここから逃げる方法がいいと考えたのだ。

しかし、どうやら戸塚はそうではないようだ。こいつがプライドの塊である事を考えれば当然の選択なのかもしれないが……今はその無駄なプライドを曲げて欲しかった。

「余裕を持って、って……二級の敵だとしても、これだけの人数を守りながらってのはきついぞ」

「普通なら、そうだろうね。だが、僕は特級だ。『氷剣の勇者』の戸塚涼だ」

調子に乗っているとも取れる戸塚の言葉に対して、不満の声をあげた冒険者だが、戸塚は自信に満ちた笑みを浮かべて笑いかけながら答えた。

「僕であれば敵を倒し、核を破壊することができる。その後、みんなで協力してゲートを探せばいい」

核がどこにあるのか、どんな敵が守っているのかも知らないくせに、戸塚は自信満々に核を破壊できると言い放った。確かにこいつの能力は特級だし、真っ当に戦えば大抵の敵は倒せるだろう。だが……

「約束しよう。僕はここにいる全員を守ってみせると」

それは冒険者というよりも、その後ろにいる一般人達に語りかけているようで、事実その言葉に反応して一般人達はわーきゃーと黄色い声をあげている。

冒険者としての活動についてよく知らない一般人からしてみれば、『自分達を守る』と言い放った『勇者』はさぞ心強い存在だろう。俺みたいに不安にさせるような事を言うのではなく、自分達でも知っているような有名人がはっきりと断言したんだ。それはさぞ頼りに思えることだろう。

だが、それは一般人だからこその考えだ。冒険者として生きてきた俺達からしてみれば、戸塚の言葉はただの妄想の類いにしか聞こえない。

「だが、いくらお前が勇者名乗ってるっつっても、これだけの数を守りながらってのは厳しいだろ。絶対にどこかでもれが出る」

一般人がいる以上、できる限り安全な道を選ぶべきだ。そう思って戸塚に抗議の意を込めて話しかけたのだが……

「それは君が三級だからだろう？　『生還者』なんて呼ばれて調子に乗っているのかもしれないが、実力がないのは事実なんだ。余計な事を言ってみんなを不安にさせないでくれないか？」

戸塚は俺の言葉なんて意に介する必要などないと考えているようで、全く取り合わない。

しかし、だからといってそう簡単に諦めるわけにもいかない。ここには百数十という人がいるんだ。判断ミスは、それだけの数の人を殺すことになるんだから。

「実力がないのは認めるが、俺は俺の考えが間違ってるとは思わないんでな。確かにこのダンジョンは二級相当かもしれないが、そうじゃないかもしれない。なら、全員の武装が整っていない今は、万が一を考えて生き延びることだけを考えるべきだ」

「だから、その『生き延びる』ための最善手が敵を倒し、核を破壊する事だと言っているんだ」

だが、俺が言い繕っても戸塚は自身の考えを変えるつもりはないようで、真っ向から俺のことを睨みつけてきた。その視線は、みんなで生き残るというよりも、俺に対する敵意で染まっているように感じられる。

「……はあ、わかった。わかったよ。そこまで言うなら好きにすればいい。ただし、僕は僕が正しいと思った方へ行く。どっちについていくかは個人で決めさせればいい。それでいいだろ？」

十数秒ほど睨み合っていると戸塚は急に視線を外し、肩を竦めてそんなことを言い出した。

二手に分かれる。それは確かに効果的ではある。どこにあるのかわからないものを探すのであれば、複数で別の場所を探した方が発見しやすくなるだろう。

だがそれは、同時に危険も増すことになる。一般人を引き連れている今なら、尚更だ。

「は？　……お前、本気で言ってんのか？　そんなことができると――」

そんな暴挙を止めようと戸塚の言葉に反論したが、戸塚から剣を突きつけられることで俺はその言葉を途中で止めた。

「じゃあどうするっていうんだ。この状況で話し合いを続けて、無駄に時間を浪費することが君の考える『最善』なのか？」

確かにこのままここで話をしていても状況が好転する可能性はかなり低いし、そもそも戸塚は自身の意見を変えることはないだろう。では俺が意見を変えるのかと言ったら、それもない。俺も戸塚も意見を変えず、このまま平行線が続くことになる。

　であれば、それぞれの意見を元に行動しようというのは、間違いとも言い切れない。だが……

「さっきも言ったように、君は君で好きにすればいい。ただし、こっちも好きにする。それに、二手に分かれるというのはなかなか良い手だとは思わないかい？　片方が成功すれば、少なくとも全滅は避けられるんだから。まあ、僕は失敗するつもりなんてないけど、君達にとってはいいことだろう？　何せ、君達が失敗したとしても残りは『生還』させることができるんだから」

　今の俺達はどう行動するのか二択で考えているわけだが、一まとまりになって動いていれば、二つの選択肢の内どちらかを選び、当たり前だがもう片方は選ばないことになる。

　その場合、もし選択を誤れば全滅することになる。だが、二手に分かれることになれば二つの選択肢を両方選べるのだから全滅することはない。代わりに、全員助かる可能性も少なくなるが。

　全滅の危険を伴って全員を救おうとするか、全滅を避けるために半分が死ぬ可能性を受け入れるか。そういうことだ。

「……」

「文句はないみたいだね」

どうにか説得することはできないかと考えていたが、それでも考えは思い浮かばず、戸塚は話は終わりだとばかりに俺から視線を外し、冒険者達、そして一般人達に向かって声を張り上げだした。

「――みんな、聞いてくれ！　僕の名前は戸塚涼。特級の冒険者で、『氷剣の勇者』と呼ばれている者だ。みんなの中には僕のことを知っている人もいるだろう」

先ほどまでよりも目立つようにするためか、戸塚は足元にあった氷の台を大きくし、全体を見回しながら演説を行う。

「僕はこれからこのダンジョンの核を破壊しにいくつもりだ。核を破壊すれば現時点で発生しているモンスターが全て消滅し、それ以上出てこなくなる。つまり、安全を確保することができるんだ。そうなれば、みんな生きて帰ることができるようになる」

一般人達は、生きて帰れると聞いたからか、戸塚の話を聞いてワッと沸いた。

しかし戸塚の話はそこで終わりではない。

「だが、そのためにはみんなの力が必要なんだ。冒険者でも一般人でも関係ない。一人でも多くの者が協力してくれることを願う」

いかにも困っていますという表情をしつつも、アイドルとしての顔は崩さずに皆へ語りかける戸塚。

助かると聞いて喜んだ一般人達だったが、その戸塚の言葉を聞いて「でも危険じゃないか」というような不安がる声がもれだす。当たり前だ。ここにいる一般人達は、冒険者とは違って死ぬ覚悟も殺す覚悟も、なんだったら怪我をする覚悟どころか、疲れる覚悟さえできていないんだから。危ないところで協力して欲しいなんて言葉にすぐに頷くわけがないだろう。

「みんなの不安はわかっているつもりだ。だが安心してくれ。僕と一緒に来たいという人がいるのなら、絶対に僕が守ってみせるから！」

それでも戸塚は、自信に満ち溢れた表情ではっきりと「助かるのだ」と告げた。

そんな戸塚という『勇者』の姿を見たからか、それまで不安がっていた者達も表情から暗さを消し、ついていってもいいかもしれない、という言葉が聞こえ始めた。

こんな状況では俺が選ぶ道が絶対に正しいとは言えないし、思わないが、それでも敵を倒そうとする戸塚よりも安全であることは間違いないだろうとは思っている。

だがこのままではまずい。このままでは戸塚という『勇者』についていって死ぬ奴、脱落する奴が増えることになる。対抗策はある。あるのだが……

「伊上さん、どうするんですか？」

　そこまで考えて拳を握っていると、宮野が声をかけてきた。

「……宮野、ちょっと頼めるか？」

戸塚という『勇者』の演説で人が動くなら、こっちも同じく『勇者』を使って話してやればいい。こちらにも宮野という『勇者』がいるんだから、できないわけじゃない。

だが、正直なところあまり頼みたくはない。こいつは『勇者』ではあるが、まだ学生で、まだ教わる側だ。だから、あまり矢面に立たせたくないし、無駄に責任を負わせるつもりもなかった。だが……

「え？　はい。何をですか？」

「演説だ。あいつみたいに俺達の方針を話してくれ」

だが、それでも俺は宮野に頼むことにした。

「ですが、それをやると本格的に分裂する事になってしまうんじゃないですか？」

確かにその通りだ。宮野の言ったように、ここで宮野という『勇者』が戸塚とは逆の意見を口にすれば、ここにいる者達ははっきりと分裂することになる。

だが、それはもう仕方のないことだ。戸塚が引かず、俺も意見を変えるつもりがない以上、こうなってしまうのは仕方がない。

「そうじゃなくても分裂しかかってるんだ。だったら、はっきりと分けたほうがいい。助ける対象と、そうじゃない対象をな」

今の俺にできることは、宮野という『勇者』を頼ってできる限り多くの者をこちらの陣営に引き込み、生きて帰ることだ。

そして生きて帰るためには、仲間や守る対象と、それ以外をはっきりさせておく必要がある。

「それは……。もしその結果、私達について来なかったら……」

「見捨てる」

「……ですよね。……はい、わかりました」

はっきりと告げられた俺の言葉に、宮野は悲しく、辛そうに顔を歪めたが、数秒ほど瞑目してからゆっくりと頷いた。

「皆さん聞いてください！　私は『天雷の勇者』と呼ばれている宮野瑞樹です！」

宮野は一度深呼吸をすると、覚悟を決めた様子で叫んだ。だが、戸塚が氷の台の上に乗っているのに対して宮野は平地にいるからか、話を聞いている者達の反応は微妙だ。

そのため、俺は戸塚と同じくらいの高さの土の台を宮野の足元に出してやり、それに気づいた宮野は一度俺に目礼をするとその台の上に上がった。

こんな状況ではあるが、『氷剣』に続いて『天雷』まで出て来たからか、一般人だけではなく冒険者も含め、その場にいた全員の纏う空気が軽くなった気がする。

だが、それに反比例して宮野の心の内は緊張や責任感と言ったものが重くのしかかっているだろう。それは理解しているつもりだ。それでもやってもらわなければならない。

宮野はこの場にいる者達全員の視線を受けながら、ゆっくりとその場を見回し、口を開いた。

「自分で言うことではありませんが、私には才能があります。それこそ、他の方々とは違い、学生のうちから勇者と呼ばれるほどの才能が……力があります！」

普段は自身の能力をひけらかすような言動をしない宮野だったが、この場では違う。自身の『勇者』としての能力を前面にだして語りだした。

「ですが、そんな私でも未確認のダンジョンは危険であると考えます。そのため、私達はこのダンジョンの核を壊す道を選ばず、ただ純粋に生き残るためだけの行動をするつもりです。私達が目指すのは帰還のためのゲートを探すこと。その道中は危険なこともあるでしょう。絶対に皆さんを守り切ると断言することはできません。それほどまでにダンジョンの中とは危険なのです」

宮野の演説は、『勇者』が行うにしては大分卑下している言葉だろう。だが、むしろだからこそというべきか。その言葉は嘘ではなく、真剣に語りかけているのだと理解できる。

「ですが、出来うる限りの努力はします。私達の行動が絶対に正しいとは言いません。もしかしたら逃げずに戦ったほうが良かったと思うことがあるかもしれません。それでも、私は最後まで皆さんを守るために戦います。少しでも多くの、一人でも多くの命を救うために戦います。だから、どうか私に皆さんを守らせてください」

そう言い切ると同時に頭を下げた宮野はみんなが望むような『勇者』らしい姿ではないだろう。みんなを導き、安心させることができるような姿ではない。

だが、それも宮野らしいと思える。

それに、これはこれで間違いではない演説だろう。

通常時はこんなことでは人を集めることはできないかもしれない。こんな弱気な態度を見せるのは、先導者として不適格だから。だが、今の状況なら、話が変わる。

宮野の演説が終わると、先ほどの戸塚とは真逆のことを聞いたためだろう。一般人も冒険者も混乱したようにざわめき出した。

落ち着くまでしばらくはこのままだろう。

三章　動き出した『勇者』達

「ふえ……あの、すみません通ります！」

戸塚と宮野、それぞれの『勇者』が演説を終え、他の者達がどんな結論を出すのか待っていると、人の間を抜けてやってくる人物がいた。

「咲月？　お前も巻き込まれたのか」

俺の姪で、宮野達の後輩である咲月だ。どうやらこいつもゲートの捕食に巻き込まれたあの場にいたようだ。

「叔父さん！　はあ～、やっと合流できた」

「友達はどうした？」

「みんなもいるよ。叔父さん達のことを見てた時にアレがアレしたからね」

なんとも抽象的な言い方ではあるが、要は観戦中に巻き込まれたわけだ。

「そうか。まあいい。いや、ここにいること自体はよくねえが、合流できたんだからまだ良しだな」

できることならこいつは巻き込まれてほしくなかったが、これぱかりは仕方がない。みんなばらけた場所に送られなかっただけマシだと思っておこう。

「だね～。まあこっちは見つけるだけならすぐだったんだけどね。すっごい目立ってたし。ここにくるまでが大変だったけど」

そりゃあ俺を見つけるだけなら簡単だっただろうな。何せいきなり叫んだり指示だしたりした上に名乗ったわけだし。それに、俺のことがわからなくても宮野のことは分かるだろうからな。

もっとも、咲月自身が言ったようにここまでくるのは少し大変だっただろう。何せ宮野は『勇者』として目立ってる上、周りには人が集まっていたんだから。

だが合流できたんだからその辺のことはどうでもいい。大事なのはこれからどうするか、だ。

「ああ、まあな。それよりも……お前はどうするつもりだ？」

「へ？　どうするって……さっきの逃げるか戦うか、みたいな話？」

「ああ。どっちも利点があるし欠点もある。だから俺が正解ってわけでもない。だが、向こうについていくってんなら、悪いけど強引にでも止めさせてもらうぞ。これでもお前の母親から頼まれてるんでな」

俺は俺の考えが絶対に正解だとは思っていないが、それでも間違っていると思っているわけじゃない。だが、そう思った上で俺はこの道が一番生き残りやすい選択だと思っている。

だから、他の者達は好きにすればいいと思うが、咲月の事を頼まれている以上、咲月だけはどうにかして俺に同行させるつもりだ。絶対に生きて帰らせるために。

「え～、ちょっと冗談やめてよね～。私があっちにいくわけないじゃん。叔父さんの凄さは知ってるし、ママからも言われてるもん。何かあったらあいつにしがみつけ、って」

俺の言葉に一瞬目を丸くしてキョトンとした様子を見せた咲月だったが、すぐに面白い冗談を聞いたとばかりに笑って答えた。

「しがみつけって……なんだよその表現」

その表現はあのアホな姉らしい言葉だなと思いつつも、咲月が素直についてきてくれるようで内心ホッと息を吐いた。

「だがまあ、こっちについてくるってことだな。ならいい」

「そそ。あ、でも私だけじゃなくてみんなの事もよろしく！」

話しながら振り返った咲月の視線の先には、咲月のチームメンバー達がこちらをみているが、どの表情も不安そうだ。

そして、それは彼女達だけではない。よろしくと言った咲月自身もまた、明るく気丈に振る舞っているが、その肩が震えているのがわかった。

当たり前だ。まだろくにダンジョンを経験したことがないどころか、戦闘経験もろくにない新入生達がいきなりこんなところに放り込まれて、怖くないわけがない。

咲月の場合は以前に俺達とダンジョンに潜ったことがあるから幾分かマシなのだろう。だからこそこうして振る舞うことができているのだろうが、それでも完全に恐怖を振り払うことなんてできるわけがない。

「あわわわ！　叔父さん!?」

震える姪を安心させるために、咲月の頭に手を置いてぐわんぐわんと乱暴に撫で回し、頭を揺らされた咲月は突然のことに混乱したような声を漏らした。

「安心しろ。ここにいる全員は無理かもしれないが、最低でもお前達だけは絶対に生かして帰してやるから」

生きて帰れる保証なんてないのだから、〝絶対に〟なんて無責任な事を言いたくはなかった。

それでも、その言葉になんの保証がないのだとしても、保証がない事を相手も理解しているのだとしても、俺はあえて「絶対に帰す」と言葉にした。

咲月を安心させるために。そして、自分自身に改めて覚悟を決めさせるために。

「……うん。大丈夫。ありがと」

今だけのことかもしれない。時間が経てばまた変わるかもしれない。でも、少なくとも今だけは、咲月の震えは治まったようだ。

「──さて。んじゃまあ、生きて帰るために、とりあえず他の奴らが悩んでる間におおよその進むべき方向だけ調べる」

震えが治まった咲月から手を離し、この後やることを口にしたのだが、その際に普段よりも心持ち明るく話す事を意識した。指示を出す奴が暗い雰囲気だと、従う方も不安になるからな。

「そんなことできるんですか？　すぐそこにある森以外、見渡す限り何もないですけど……」

「何もないからこそ分かる事もあるんだよ」

俺の言葉に対して、すぐそばにいた宮野が反応したが、確かに宮野の言う通り周囲には何もない。草原ばかりで、近くに森があるだけ。他は本当に何もない。

だが、だからこそ分かる事、できる事があるのだ。

「まずこの地形。ここは平原だが、すぐそこには森がある。だが、逆にいえば森以外はないってことだ」

「それがなんなわけ？」

「戸塚の考えに同意はできないが、基本の部分だけは同意できる。つまり、このダンジョンがさほど大きくないって部分だ」

　森に入って核を破壊しようという考えには賛同できないが、あいつの言っていた『このダンジョンは小さい』という考え方は俺もそうだろうなと同意することができる。

　同意と言っても、あくまでも〝基本的には〟だけどな。もしかしたらイレギュラーの可能性は十分に考えられるわけだし、めちゃくちゃでかいかもしれない。ただまあ、方針としては小さいダンジョンだと考えてもいいだろう。

「さほど大きくないダンジョンであるにもかかわらず、見渡す限りは何もない。ただの草原があるだけだ。ってことは、地平線が五キロくらいだったはずだが、その範囲内にはゲートがないと思われる」

　地平線が五キロということは、見回しても何も見えないこの環境は五キロ先まで何もないという事だ。森も建物も、山すらない。

　そんな感じで視界を遮る物は何もないのに、ゲートの黒い渦を見つけることができないのだから、この周辺……少なくとも見える範囲にはゲートがないのだと分かる。

小さいダンジョンなのだから、その奥にゲートがあるってわけでもないだろう。

「で、でも、ここはダンジョンですし、地球の距離とか法則とかがあってるとは限らないんじゃ……」

北原の言う事はもっともだ。時間の流れさえ違うのだから、ダンジョンと地球で同じ法則が通じる保証もない。もしかしたら五キロと言わず百キロ先まで見通せるかもしれないし、逆に五キロ以下しか見えないかもしれない。

「そうだな。だから、浅田と宮野に確かめてもらう」

「あたし達？」

「どうやってですか？　走って向こうまで行け、とかでしょうか？」

突然名前を出された宮野と浅田は不思議そうに首を傾げているが、返されてきた宮野の言葉に苦笑しながら答える。

「流石にそんなことは言わねえよ。なに、ちょっと浅田が宮野を真上に投げればいいだけだ。思いっきりジャンプして、宮野が周りを確認すればいい。捕食型だイレギュラーだと言ってもゲート自体は黒い渦だからな。草原の中にそんなものがあればすぐに見つかるだろ」

平地で見つからないなら、高所から見下ろせばいいだけという簡単な話だ。

問題は見下ろすような高い場所がこの辺にはないという事だが、そこは浅田と宮野の能力があれば大丈夫だろう。

「見つからなかったら？」

「その時はその時だ。少なくとも向こうの方角にはないってのが分かるだけ収穫だろ」

そんなわけで、この周辺にゲートがないかを確認すべく、宮野と浅田が動くことが決まった。

「えっと、それじゃあ佳奈、よろしくね？」

「オッケー。まっかせてちょーだい！」

これから思い切りジャンプすることになるのだが、宮野は少し不安そうにしている。だがまあ、それはそうだろうなと思う。

そんな不安がっている宮野に、浅田は笑みを浮かべながら頷き、構えた。

両手を組んで中腰で立っている浅田と、その浅田から少し離れた場所に立っている宮野を見れば、俺達の話を聞いていなかった者であろうとこれから何をするのかおおよその見当がつくだろう。

「せー……のっ！」

離れた場所に立っていた宮野が手を挙げて合図をしてから走り出し、中腰で構えていた浅田の手の上に足をかけた。

そして、それと同時に浅田は宮野が乗った手に力を込め、思い切り真上に向かって振り上げた。

「おー。やっぱよく飛ぶなぁ」

浅田の力と宮野の跳躍が合わさって、宮野は俺が想定していたよりも遥かに高く跳んでいった。

だがそこで、不測の事態が起こった。いや、起こったというか、起きていた事に気づいたというべきか。

「あ」

〝それ〟に真っ先に気づいたのは安倍だった。安倍は空高くジャンプした宮野を見上げながら、小さく声を漏らした。

「ん？　どうした？」

「瑞樹、今ドレス着てる」

宮野に何かあってもすぐに対処できるようにと見上げながら安倍に問いかけたのだが、

そんな俺の問いかけに、安倍は言葉少なに答えた。

「そうだな。それが……あ、やべ」

宮野がドレスを着ている。それは俺も知っている。何せ先ほどまで一緒にいたのだから。

だから何を当たり前のことを、と思ったのだが、見上げ続けていると安倍が何を言いたいのか理解できた。……できてしまった。

ドレスとは、言い換えればスカートだ。下から見ればその奥の下着まで見ることができるもので、そんなものを着た状態で思い切りジャンプなんてすればどうなるか。そんなの、下にいる俺達から丸見えに決まってる。

実際、今の俺には、その、なんだ。……まあ、見えてしまっている。

ただ、それでも目を逸らすわけにはいかない。もし何かあって落ちてきたら、その時は手を打たないといけないわけだし。

「やべ、じゃないでしょバカ！　どーすんのよ！」

安倍の言葉の意味と宮野の状態を理解したのだろう。浅田は俺の服を掴みながらガクガクと揺さぶってくる。

でも、仕方ないだろ。気づいてなかったんだから。それに、今から何かをする事もできない。

「どうするも何も、どうしようもなくないか？」

「あ、あの、そんなこと話してる時間ないんじゃ……」

北原の言う通り悠長に話をしている時間なんてない。話をしているうちに宮野は落ちてくるだろう。だが、話をしないにしても何かいい案があるのかと言ったら何もない。

「つっても実際何ができるわけでもな──」

「瑞樹！　瑞樹！　スカート！　スカート！　パンツが！」

俺が話している最中ではあったが、そんなのは無視して浅田は上空にいる宮野に向かって叫んだ。

女の子が大声でパンツと叫ぶのはいいんだろうか、とか、そんな大声で指摘すると他の者達も気づくんじゃないか、とか思ったが、それは言わない。言う時間もない。

「へ？　……っ！　きゃああああっ！」

浅田の声を聞いてようやく気づいたのだろう。落下軌道に入っていた宮野は捲れるドレスの裾を押さえた。

まあその反応は当然だろ……あ、まずっ……！

「北原！　宮野に守りをかけろ！」

「え、あ、はい！」

裾を押さえたことで体勢を崩した宮野を見て、このままではまともに着地ができないかもしれないと考えた俺はすぐに北原に指示を出した。

「み、瑞樹――――！」

北原の魔法で淡く体が光った直後、宮野は盛大に地面に墜落した。

幸いながら、その地点には誰もいなかったので被害らしい被害はないが、墜落した宮野がどうなっているかはわからない。

そんな宮野が墜落した地点に、浅田が真っ先に駆け寄っていき、俺達も浅田の後を追うように進んだ。

「大丈夫？」

「み、瑞樹ちゃん、怪我とか、その、大丈夫？」

「……ええ、大丈夫よ。心配してくれてありがとう」

浅田や北原の心配する言葉に答えている宮野だが、纏っている雰囲気はどこか暗い。

見たところ怪我をしている様子もないし、その暗さは怪我をしているからではないのだろう。

ではなんなのかと言ったら、まあ……やっぱりドレスの裾のことだよな。

「あの……えっと……伊上さん。その……見まし――」

だが、ここで下手に何か言えばお互いに恥ずかしいことになるだろうと考え、宮野の言葉を遮るようにジャンプした目的についての結果を問うことにした。

「お疲れ様だったな、宮野。何かおかしなものは見えたか？」

宮野はゆっくり立ち上がると、俺から顔を背けながらもチラチラとこちらを見つつ恥ずかしそうに口を開いた。

「え？　……あ、いえ、ンン。……その、何も見えませんでした」

そんな考えは宮野も理解してくれたようで、相変わらず恥ずかしそうではあるものの、何もなかったかのように振る舞うことにしたようだ。

「そうか。なら森の中にゲートがあるわけか。めんどくさい事になったたな」

「ちょっとぉ、それだけ？　なんかないわけ？　瑞樹が恥ずかしい思いしたのに謝りもしないの？」

しかし、『何もなかった』として話を進めようとした俺に突っかかってきた奴がいた。浅田である。

確かに、俺がジャンプするように指示して、その結果ドレスの裾の奥を晒すこととなったのだから、普通なら謝るのが筋だろうし、浅田の指摘は間違っているわけではない。

だがしかし、この場においては間違っているのだ。

「無駄に掘り返して恥ずかしい思いをさせないようにって気遣いだよ。理解しろよ。ついでに、宮野見てみろよ」

一度は『何もなかった』ことにして立ち直ったはずなのに、改めて友人が話題に出したことで余計に恥ずかしくなったのだろう。宮野は両手で顔を覆って俯いてしまった。

「え？……あっ！　ご、ごめん！」

浅田は俺の指摘を理解したのか、慌てた様子で宮野を慰めにかかった。

だが、こうしてはっきりと話題に上がってしまった以上は、俺もしっかりと謝っておくべきか。

「あー、なんだ。悪かったな。もっと気をつけて指示を出すべきだった」

「いえ、その……私も普段と違うんだと理解しておくべきでしたから。それで、その……どうでした？」

どうでしたってなんだよ。感想求めてくんじゃねえっての。

恥ずかしそうにこっちを見ている宮野の問いかけに対し、はっきりと答えるわけにはいかない。だって女子高生のスカートの中を覗いた感想とか、何を言っても問題だろ。だから、ここはぼかして答えるべきだろうな。

「大丈夫だろ。実際、俺なんかだと視力を強化してようやくお前の格好が見えただけだから、普通に見上げてた奴にはただの点にしか見えなかっただろうよ」

俺はまともに見えてないし、他の人達も見えてないよと安心させようと思ったのだが……。

「……やっぱり、見えたんですね」

「……まあ、すまん」

くっきりはっきりってわけでもなかったが、それでも見た事は見たので、素直に謝っておく。

「あー……しかしまあ、アレだな。これでとりあえずおおよその進む道は見えてきたな」

その後、少しの間無言の空間が出来上がったが、いつまでもその事を引っ張るわけにはいかないので本題へと戻るべく話を始めた。

「進む道、ですか。それは、ゲートがどこにあるのか分かったということですか？」

「残念ながら、だな。進む道ってのは、ゲートを探すにあたってどう動くかって話だ」

「どう動くの？」

浅田の問いかけに対し、指を二本立ててから答える。

「大きく二つだ。森の中に向かうか、森の外周をぐるりと回るかのどっちかになる。個人的には森の中じゃなくて外周にゲートがあると思うけどな」

「なんで?」

「見た感じ、このダンジョンの構造は平原と森だが、おそらくメインは森だろう。ゲートから入って平原に出て、森の中心を目指す。そういったタイプだと思う。他にもそういうダンジョンはあるからな」

簡単にいえば、日の丸みたいな感じだ。中心の赤丸の部分が本来想定されているダンジョンで、その周りにある白地の部分はただの余り。

その余りである白地の部分に入口となるゲートが生成され、赤丸に向かって進んでいくとそのどこかに核がある、という形が本来想定されているこのダンジョンの在り方だろう。他にも似たような形のダンジョンはあるから、おそらく間違っていないと思う。

だが、俺達は核を探しているのではなく出入り口たるゲートを探しているのだから、赤丸に入るのではなくその外周を調べていけばいい。

「まあ、全部が全部そうとは限らないし、例外ってもんは存在するから絶対とはいえないが、まずやるべきこととしては森の周りの探索でいいだろうな」

ただまあ、外周って言っても中心の森から数キロ離れた場所にゲートが出現することもあるし、定期的に宮野には飛んでもらう事になるけどな。それはどうしようもない。拝み倒せば多分受けてくれるだろう。

安倍が空を飛べればさっきみたいな事故も減らせる……んじゃないかと思うけど、実際には飛べないんだから意味がない考えだな。

ニーナは空気を温めることと空気の操作と炎の噴射とか色々やって空を飛べるから、安倍にも似たようなことはできると思うんだよな。まあ、今すぐにはできないだろうし、やらせるつもりもないけど。

「――分かれたな」

この周辺にゲートがない事を確認し、今後の進み方を決めた俺達は、ついにこのダンジョンに一緒に呑まれた者達が宮野と戸塚のどちらについてくるのかを決めさせることにしたのだが、思ったよりもこっちの数が多かった。

戸塚の方について行くことを選んだのは、全体の三割程度。およそ四十人と言ったところだ。

だが、全体の三割であっても、冒険者の割合で言ったら二割程度。どうやら一般人が多めに戸塚についていく事を選んだようだ。この辺りは知名度の問題だろうな。冒険者について何も知らない一般人からしてみれば、有名な勇者ってのはそれだけで安心する材料になる。あとは戸塚がアイドルをやっているから、そのファンとか。

それを考えると、思ったよりも宮野側につく奴が多いんだな。予想では良くて半々といったところだと思ってたのに。

とはいえ、考えてみれば当然といえば当然なのかもしれない。何せ俺達は学校のイベント中に巻き込まれたわけで、その巻き込まれた冒険者の大半が学生だ。一般人はその学生の親族がほとんどの割合を占めるだろう。

そうなると、有名とはいえ余所者と言える戸塚よりも、身内である学生の宮野の方がついて行きやすい感じがするものだろうから。

「それじゃあ、『生還者』。僕達は行くよ」

戸塚は、自身と共に行動する事を選んだ者達を引き連れ、挨拶をしに来た。

だが、その挨拶の対象が同じ『勇者』である宮野ではなく、格下であるはずの俺に来ている時点で俺のことを過度に意識しているのが分かる。

本当にそんなんで大丈夫なのかと思うが、今更何を言っても無駄だという事は理解しているので何も言わない。

だがそれでも、せめて……

「……ああ。生きて帰れることを祈ってるよ」

無事に生きて帰って欲しいと祈るくらいはいいだろう。

「君ごときに祈られたところで結果は変わらないさ。その祈りは自分にでも向けておくといいよ」

最後にそう言い捨てると、戸塚はアイドルらしい笑みを浮かべたまま自身の仲間達へと声をかけ、森の中へと消えていった。

「あの……あれってやっぱり……」

そんな戸塚達の背中を見送りながら宮野が眉を寄せて話しかけてきたが、その言葉は最後まで紡がれることはなかった。だが何を言いたいのかはわかる。戸塚達のことを心配しているのだろう。

「大丈夫じゃないだろうな」

「えっ⁉　それじゃあ止めなくていいわけ⁉」

俺の答えに、話を聞いていた浅田が割り込んできたが、ゆるく首を横に振りながら答える。

「止めたところでなんになる。あいつは俺の言うことなんて聞かないし、それはあいつについていく事にした奴らもだ。お前も聞いてただろ、あいつとの話を。あいつはどうあっても俺達と共に行動するつもりはないだろうよ。むしろ、下手に一緒に行動する事になれば、余計な問題が出てくるだろうな」

こんな状況であるならば、行動方針に関する意見は一つに統一した方がいい。でなければ、肝心な時に動けなくなるから。だから、俺達とは違う考えをしている戸塚や、あいつに付き従う者がいなくなるのは、俺達の安全という意味ではありがたい。

それに、意見の違いがなかったとしても、数が減ったこと自体をありがたいと思う自分もいるのだ。

俺はこんな状況であってもできるだけ多くの人を助けたい、助かってほしいと思っているが、それは難しいだろうとも理解している。

戦力となる人が多ければそれだけ安全に逃げることができるが、戦力にならない一般人が多ければ、それだけ危険になる。守らなければならない数が減れば、それだけ安全になるのだ。

「……まあ、あいつのことはいいさ。あいつらが役目を果たすんだったらそれはそれで構わないし、こっちはこっちで生きて帰ることを目指せばいいだけだ」

助けられる数が減ってありがたいだなんて、そんなふざけた考えが浮かぶ自分が嫌になる。

だがそれでも、そんな思いを顔に出す事はしない。今の俺はここにいる者達を率いなくてはいけない立場で、宮野達の教導官なのだから。指示を出し、導く立場の俺が迷っている姿を見せるわけにはいかない。

「とにかく今は前だけ見て進むぞ。あいつらのことを心配するなとは言わないが、今は自分の心配をしとけ。お前らは今、万全の状態ってわけじゃないんだからな」

「……はい」

「うん」

宮野と浅田に続き安倍と北原も頷いたが、本当に気をつけなければならない。

今の宮野達は、一応メインとなる武器は持っている。だが、それだけだ。他の装備は持っていないし、着ているものはドレスだけ。ドレスといっても金をかけただけあって魔法の効果がかかっている高級品だが、実戦のために作られているわけではないので普段の装備よりは性能が遥かに劣る。普段とは着ているものが違うのだから動き方だって変わってくるだろう。

それはそれとして……

「それで、あんたらはこっちでいいのか？　勇者としての歴はあっちの方が上だし、信頼度も向こうのほうが上だろ？」

俺は戸塚ではなくこちらに残った学生ではない一般の冒険者達に対して話しかけた。学生は残った理由がまだ分かるが、一般の奴らは本当に良かったのかと思わなくもない。

「確かに冒険者やってる時間だけなら向こうのほうが長いだろうけど、それだけだろ？勇者としても冒険者としても、アレの評価はまともに冒険者やってるやつなら大抵知ってる。アレを頼りにはしたくねえな」

「一般人は知名度だけで選ぶんだろうし、だからあんなについていったんだろうけどな」

「それに、あんな堂々とふざけたことを吐かす奴よりも、頑張って本当のことを教えてくれる子の方が手ぇ貸してやりたいだろ」

だが、俺の問いかけに対して冒険者達はさも当然だとばかりの態度で、笑いながら答えた。

「そうか。まあ、ついてきてくれるってんなら、ありがたいよ」

不評が広がっている戸塚と、なんの結果も出していない宮野であれば、その評価はどっちもどっちといったところだろう。むしろ、宮野の方が評価は低かったはずだ。戸塚は特級は処理できないって言っても、一級は問題なく処理してるんだから。

経験の浅い女の子よりも、多少の問題はあれど実績のある戸塚の方が頼りにはしやすいもののはず。それでも宮野を選んだのは、こいつらとしても賭けだろう。

完璧に信頼されているわけではないとは理解しているが、それでも宮野のことを信じてこちらに残ってくれたのは素直にありがたいし、教え子が評価されたのは嬉しいものだ。

「あー、それと一つ確認しておきたいんだが……あんた『生還者』だろ？」

そう考えながら一息ついていると、冒険者のうちの一人が俺に近づいてきながら問いかけてきた。その言葉は疑問系ではあるが、同時に確信しているような感じを受けた。

「……その呼び方は好きじゃねえんだけど、まあそうだな」

自分につけられた自分で望んでいない異名を呼ばれ、思わず顔を顰めてしまったが、すぐに顔を戻してかけられた声に答えた。

「やっぱりな。またこんな状況に巻き込まれるなんて、あんたも災難だな」

「それを言ったらあんた達もだろ。巻き込まれてんのは同じなんだから」

しかしこの男、こんな状況であるにもかかわらずなんだかやけに緩いな。もっと緊張や警戒心があってもいいものだと思うんだが。

それに、妙に気安い感じがする。その程度で何か文句を言うつもりはないが、その態度が妙に気になった。

この感じ……この男は宮野がいたからではなく、俺がいたからこっちを選んだ？　……いや、確かに俺は一部では名が知れているが、それでも『勇者』と比べれば天と地の差だろうからそれはないだろう。

「まあな。つっても、あんたほどじゃねえよ。俺は二度目だが、あんたみたいなのが一緒にいるんだからラッキーだとさえ思えるよ」

「俺がいるからラッキーね……んな考えは直した方がいいぞ」

俺は俺で今までのように生き残るための最善の選択をするつもりだが、だからと言って今回も生きて帰れる保証なんてどこにもない。

だが、そんな俺の言葉に冒険者は肩を竦めながら答えた。

「覚えてねえだろうけど、前にも異常事態に遭遇したんだよ。あんときはイレギュラーが現れたが、あんたが倒しちまいやがった。三級のあんたがだ。アレを見たら、クソみたいな勇者なんかよりも、あんたと一緒にいることを選ぶに決まってんだろ」

……顔見知りかよ。つっても、俺はこいつのことなんて覚えていないが。まあ、こいつの言い方だと実際に挨拶したことがあるわけじゃないみたいだし、それは仕方ないだろう。

しっかしまあ、本当に俺がいるからこっちを選んだのかよ。宮野が理由ではなく、俺が理由で戸塚を蹴るなんて、そんなに信頼してもらっても困るんだけどな。

「はあ……そうかよ。ならまあ、しばらくの間付き合ってくれ。絶対とは言わねえが、できる限り生きて帰れるように努力はする」

「おう。よろしく頼むぞ、英雄」

そんなバカみたいな呼び方をされたことで、先ほどの異名を呼ばれた時よりも盛大に顔を顰める事となった。当たり前だろ？　だって、俺みたいなやつが『英雄』だなんて呼ばれたんだ。こんな雑魚がだぞ？　柄じゃないし、相応しくもない。何より、俺自身が俺のことを英雄だとは思えない。顔も顰めるに決まってる。

「……俺は、英雄なんかじゃねえよ」

しかし、そんな俺の独り言は聞こえなかったようで、あるいは聞こえていたが無視したようで、冒険者の男は気楽そうに笑みを浮かべている。

「それで、俺達は何すりゃあいい？」

「そうだな……とりあえず、戦力確認だな。冒険者は全員、一旦こっちに集まってくれ！　誰がどんな能力なのか教えて欲しい」

ため息を吐き出してから告げた言葉を皮切りに、俺達はそれぞれがどんなポジションでどう戦うのかを教え合った。

「結構魔法系が多いな。これだと戦闘には不安が出るか？　行軍も体力を使うし……いや、強化すれば早く進めるか？　だが、治癒と守りが薄くなるな。でも多少の危険を受け入れてでも脱出を狙うべきか……」

確認した結果、この場に残った冒険者の数は全部で三十七人。そのうち三十人ほどが学生だった。しかも、二十人ほどが一年生という、まともに戦闘を経験したことがない新兵。実際に戦える戦力は十七人ということだ。そして、割合としては魔法使いの方が多かった。

魔法使いは一撃の威力が出るし、遠くから攻撃することができるから新人であってもある程度は役に立つ。その点はいい。

だがそれは、前を守る盾役がいる場合の話だ。魔法を準備している間自分達を守ってくれる存在がいるからこそ、後衛である魔法使い達は落ち着いて魔法を使用することができるのだ。

今はそんな守ってくれる前衛の数が少ない。そうなると、魔法使いがまともに機能するかは怪しいところだと考えられる。

であれば、やはり戦闘はできるだけ避けた方がいいだろうな。元から避けるつもりでいたが、余計に。冒険者がいるからと言って無茶をすることはできないな。

「俺達はこれから森の外周を進んでいくが、森側に近接系のやつを多めに配置する。おそらく何かあるとしたら森からだからな」

理想は外側を前衛で固めて内側に魔法使いを配置する事なんだが、今の状況ではそれはできないので、多分こっちからくるだろうという当たりをつけて……いや、山を張っての方が近いか？　まあそんな感じで森だけを警戒することにした。どうせ全方位警戒していても、防御が薄ければ守りきれないんだ。だったら怪しいところに戦力を集めた方がいい。

「で、魔法使い……特に補助系統が使える奴は、一般人達の能力を強化してもらう。それで行軍を早める」

本来なら敵を倒すために魔法を使ってもらうものだが、今回はこのダンジョンを攻略することが目的ではなく、ここから生きて帰ることが目的だ。敵を倒す必要はないんだから、逃げ足を速くした方が良い。

特に一般人は冒険者に比べて体力が少ないし舗装されていない道を延々と歩くとなれば、まともに進むことすら難しい。なので魔法を使って身体能力を補強するしかない。

「でも、それだと他に力を割く余裕がなくなるんじゃないか？　俺も身体強化の魔法は使えるが、今みたいな終わりが見えない中で最後まで保たせようとすると、魔力の分配的に治癒とか守りとかは使えなくなる。当然攻撃にも参加できない」

「分かってる。だが、それでもやってくれ。守り自体は近接系の奴や勇者チームになんとかしてもらう」

「分かった」

「他に何かあるか？」

そう問いかけて周りにいる冒険者達を見回したが、皆こちらを見返して首を振ったり、逆に頷いたりしているだけで、何か意見や疑問などはないようだ。

「とりあえず、ある程度まとまることはできたな」

魔法使いが一般人を強化して進み、敵が出たら前衛が時間を稼ぎ、勇者である宮野が仕留める。これが基本的な方針だ。一般人の強化に力を回すから魔法使いは碌に戦えないし、そもそも冒険者の数が少ないし、不安しかない。だが、それでも俺達はこれで進むしかないのだ。

「そうですね」

「問題はどっちにいくかだが……よっ、と」

どちらに進むべきか調べるためにその場にしゃがみ、持っていたペンを地面に垂直に立てた。

「何してるんですか?」

「進む方向を調べてんだよ」

俺の行動に疑問の声をかけてきた宮野に答えながら、俺はペンを押さえていた指を離した。

すると、当然ながら押さえを失ったペンは倒れ――森を示した。

……ざっけんな。なしだ、なし。んな場所に行けるか。右か左かに倒れろよな。

「あー、あるある。それって棒が倒れた方向に進むアレでしょ？　でも、そんなんで何か分かるわけ？」

「いや、何もわからん」

浅田の言葉に適当に返しながら、再びペンを立てて指を離す。

……お、今度は右か。よし、左に行こう。

「あんた真面目にやって――るんだろうけどさ、あんたのことだから。でもなんの意味があるってのよ」

俺が意味のない行動をしないと理解しているからか、浅田は俺の行動を受け入れながらも悩ましげな様子を見せている。

まあ、その気持ちは分からないでもない。というか、すごく分かる。進む道をこんな運で決めようとするなんて、馬鹿馬鹿しいと思うのが普通だ。だが……

「俺ってさ、ほら。自分でも言いたかないけど、運が悪いだろ？　こう、年一でイレギュラーや異常事態に引っかかってるし」

そう言いながら、俺は倒れたペンを拾って軽く土を落とし、再びしまいつつ立ち上がる。

「あー、まあそうねー」

浅田の簡単に納得した様子に少しだけムカつく気がするが、事実なので仕方ない。何より、俺自身運が悪いと思ってるしな。

「で、今回も異常事態に引っかかってるわけだが、これから更に何か起こる可能性もあるわけだ」

「うんうん」

「だからこうして運任せに道を選び、その逆を行けば何事も起こらずに済むんじゃないかってな」

運が悪く、選んだ方向で何かが起こるんだったら、その逆を選べばいい。いい考えだろ？

「あの、でも、最初から逆を選ぶことを決めてたら、そっちで異変が起こる可能性が大きいんじゃ……？」

だがそんな俺の考えに、北原がおずおずと手を挙げながら疑問を呈してきた。

北原の言ったことは俺自身考えたが、現状ではどっちが正解かなんてわからないんだから仕方ない。

「……まあ、そうかもな。でもどのみちどっちかには進まねえといけねえわけで、どっちがいいとか理由なんてねえんだから適当に決めるしかねえだろ」

「まあ、結局どっちでも変わんないっしょ」

どっちに進むかなんて、それこそどっちでもいいと浅田が笑い飛ばし、俺達の進む方向が決まった。

これで後は左側に進むだけなんだが、あと一つだけ、最後にやることが残っている。やること、と言っても俺が何かをするのではなく、宮野がやるんだけどな。

「ってわけで、行き先は決まった。あとやることは……宮野」

「私ですか？」

「ああ。最後に、出発するための音頭を頼む」

「……やらないと、ダメですよね？」

俺の言葉を聞いた途端、珍しく嫌そうな表情を浮かべた宮野だが、気持ちは分からないでもない。宮野自身目立つのが好きというわけではないし、むしろ避けたいと思っている性格だ。

こんな状況で音頭なんてとればどうしたって目立つ。それは好ましくはないんだろう。

だが、どうせ『勇者』として活動するようになれば自然と注目される機会も増えるんだし、今のうちに少しでもなれておいた方がいいんじゃないかとは思う。

「そうだな。『勇者』からの言葉があるのとないのとじゃ、まとまりが違うだろうからな」

「わかりました……」

渋々といった様子ではあったが、宮野もそれが必要なことだと理解しているようで承諾し、小さくため息を吐いてからその場にいる者達のことを見回した。

「皆さん！　現在はゲートがどこにあるか分からず、どのような道のりになるかはわかりません。ですが、私は最後まで諦めません。だから皆さんも、諦めずに生きて帰りましょう！」

そんな『勇者』宮野の言葉が終わると、冒険者が雄叫びをあげ、それに続くように一般人達も声を出して叫んだ。

「それでは、これより出発します！」

そうして、俺達はこのダンジョンから生きて帰るために歩き出した。

「何にもないねー」

何もなくて暇になったのか、隣を歩いていた咲月が話しかけてきた。

本来なら咲月も護衛として配置するべきなんだが……伝令役や遊撃として俺の指示ですぐに動けるようにと、身内贔屓になるのはわかっているが、それでも理由をつけて俺のそばに置かせてもらった。宮野達と一緒に一番危険な先頭を進んでるんだから許してもらおう。

そんな咲月が言うように、出発してからしばらく……まあ大体一時間くらい進んだが、これまで何もなかった。

この場所にやってきてすぐにモンスターに襲われたから、てっきりもっと襲われるものかと思っていたが、最初のあれが例外だったようだ。

そのせいか、咲月もそうだが、他の学生や一般人達の空気が緩んでいるのが感じ取れる。

普段ならもっと緊張感を持てというところなんだが、今は言わない。ゴールがどこにあるのかも分からない状態でずっと緊張を維持し続けることは難しいと理解しているからだ。常に警戒しているのは俺達ベテランだけでいい。他の学生達は、いざという時に戦えるよう、疲れないことが重要なのだ。

とはいえ、緊張がなさすぎれば注意もするが、今のところは問題は何も起きていないので注意もしない。

「そうだな。まあそういう道を選んでんだから、なんかあっちゃ問題だけどな」

「でも、もっとモンスターがぐわあっと出てくるものだと思ってたんだけど、こんなにいないものなの？　あの……えっと、なんだっけ？　あの氷のダンジョンの時はもっといたような気がするんだけど」

氷のダンジョンとは、前回咲月を連れて温チョコを採りに行った『双極の大地』だろう。確かにあの時は百メートルも進めば敵が出てきたから、それを基準に考えるとここは全然敵が出てこないと言えるな。言える、というか実際に敵がいないわけだけど。

「ダンジョンっつっても、ここはずれの方だからな。こっちまでモンスターが配置されてないんだろ。多分だが、森の中に入ると敵が出てくるぞ」

「ほえ～」

「お前も覚えとけ。こういう状況に陥った時、何をどうすればいいのかって。今後もないとは言い切れないからな」

咲月がまたイレギュラーや捕食型に遭遇することは、ないと思いたいが、それでも絶対とは言い切れない。だから、その時の対処を覚えておく必要がある。

「はーい。……あ、そうだ。ねえねえ、叔父さん。『氷剣の勇者』と戦った時、何したの？」

だが、咲月は真剣に聞いているのかいないのか、一度返事をしただけですぐに別の話題へと移ることとなった。

そんな様子にもう少し強く言おうかと思ったが、言って落ち込まれても厄介だ。今は万全の状態で動いてもらうために、経験や知識として叩き込むのは帰ってからにしておこう。

「何したって、普通に戦っただけだが？」

「普通にって言っても、あんたの場合は絶対に普通じゃないじゃん」

とそこで、咲月と話していると浅田がひょこっと俺の顔を覗き込むようにして話に交ざってきた。

「なんだそれ。つってもまあ、世間一般で言うところの『普通』じゃないのは当たり前だろ。俺は三級で、あいつは特級。そもそも力が違うんだから、真っ向から真面目に戦ってるだけじゃ勝てるわけねえだろ。普通じゃない手段でやるしかないだろ」

「いや、それは知ってるけどお、だから何したのって聞いてるわけじゃん。でしょ、咲月？」

「うん。叔父さんが普通じゃないのはこの間分かったけど、でも何がどうなってるのかー、とか全く分かんないんだよね。特にあの変な声出した時」

「あんなに急に変な声出すなんてどう考えても普通ではないですし、誰だって気になるわよね」

浅田だけではなく宮野も話に交ざってきた。お前らは他の学生達と違って普通に戦う者としてカウントしてるんだから、ちゃんと警戒してろよな、ったく。

確かに咲月達の言うことはもっともなんだろうが、だからって話したいのかっていうと話したくない。

どうせあれは戦士型の咲月にはできないことなんだ。教えたところで真似できないんだし、言う必要もない。

「……言いたくねえ」

「なんでよ。別に言っても良くない？　戦い方を秘密にするような仲ってわけでもないじゃん」

「……言いたくねえ」

「だからなんでなのって聞いてんのよ。言うくらい良いじゃん」

浅田が何度も問いかけてくるが、それでも言いたくないものは言いたくない。

しかし、この感じでは言わないといつまでもしつこく聞いてくる気がするな。……仕方ない。

俺はため息を吐くと、戸塚と戦っていた時に何をしたのか話すことにした。

「言ってもいいけど、それで俺に対してなんの文句も言うなよ？」

「そんなにおかしなことをしたんですか？」

「……まあ、そうだな」

自身の戦術が周りにバレないようにするため、というのもあるが、聞かれてもお互いにいい結果にはならないだろうから、と少し声を潜めて宮野達と咲月にだけ教える。

「戸塚がこっちに意識を向けて集中した時に、さりげなく奴の下から氷を接近させて、ズボンの中に入り込ませた」

それがあの時俺が戸塚に仕掛けた罠だ。戸塚が転んだ時にあいつに当たらないように氷の塊を放っておいたが、戸塚が俺に集中したところでその氷を操り、ズボンの裾から中へと侵入。

そんなことになれば、まあどうなるか分かるだろう。テストでも試合でもなんでもいいが、何かしらに集中している時にいきなり氷を素肌に当てられたら、そんなの驚くに決まってる。

「ほえー」

納得したような様子を見せた咲月だが、宮野達四人はまだ納得しきっていないようだ。まあ、今の説明だと驚いたことは理解できても、変な声をあげたことは説明しきれてないからな。

しかし、この先は本当に言いたくないんだが……もういい。なるようになれ。

「で、それをこう、ちょっと操ってな……。下半身に這いずり回らせた。あれなら、いくら俺と戸塚の間に差があってダメージを出せなかったとしても、効果はでる。誰だっていきなり氷が下半身で動き回れば、驚かずにはいられないからな」

その際、ちょっと尻の方に進んだし、股間にも触れたかもしれないが……というかまず確実に触れただろう。だからこその〝あの声〟だったのだろうが、流石にそこまでは言わなくてもいいだろう。言わなかったところで何が変わるのかというと、何も変わらないかもしれないけど。

「伊上さんの氷が……」

「下半身に……」

「這わせる……」

「な、ななな……なんってことしてんのよ!? 想像しちゃったじゃない！」

「言いたくねえっつったろ!?」

俺の説明を聞いて、宮野達は何があったのか理解し、想像したのだろう。それぞれが恥ずかしそうな反応を見せ、浅田はその恥ずかしさを誤魔化すためか怒鳴りつけてきた。

だがそれはまだマシだ。普通に反応してくれるんだからな。だが他の三人……特に宮野。股を隠すな。なんかやばい感じがするだろ！

「叔父さん……あの、手は出しちゃだめだと思うよ？」

「出さねえよ！」

宮野達という女子高生にそんな反応をさせたからだろう。咲月はどこか冷たさを感じさせる目で、少し恥ずかしそうに声をかけてきたが、そんな言葉にすぐに否定を返す。

こんな状況であるにもかかわらず、先頭を進みながら騒いでいる俺達に他の者達の視線が集まる。

今はダンジョンの中で命がかかっているはずなのに、なんでこんな緊張感のないことになってんだろうなあ⁉


――戸塚 涼――


浩介や瑞樹達と別れて森の中へと入っていった戸塚達だったが、入って小一時間もしないうちに問題が発生した。

「あ、あの……ま、まだ歩くんでしょうか？」

戸塚と共に来ることを選んだ一般人の女性が音を上げたのだ。そしてそれは、その女性一人だけではなく他の者達も声には出さないだけで思っていることだった。

当たり前の話である。何せ、今ここにいるのは戸塚と同じ特級でもなければ、そもそも冒険者ですらない。これまで普通に生活し、今日はたまたま文化祭を見に来たというだけの普通の人。

そんな彼女らに、ずっと歩き続けろと言ったところで歩けるわけがないし、足元が不安定な森の中であれば尚更だ。加えて、ヒールのある靴を履いていたら余計に厳しい。というか、最後まで歩き切るなど不可能である。

「うん、多分ダンジョンの核はこの森の中心付近にあると思う。だからそこに行く必要があるんだけど、多分後何時間かかかるだろうね」

戸塚は、そんな彼女達の疲労など知ったことかと内心で考えたが、それを表に出すことなく困ったような笑みを浮かべつつ答えた。

「そんなっ……」

「わ、私達そんなに歩けませんっ。や、休むことってできませんか⁉」

戸塚と共にくることを選んだ者達の大半は戸塚のファンだ。だからこそ宮野ではなく戸塚について来たし、戸塚の言うことに逆らうつもりもなかった。

だが、これまでも大変だったが、こんな状態があと数時間も続く。しかもそうして歩いても終わるかどうか分からない。

そんな地獄みたいなことを聞かされてしまい、思わず戸塚に好かれるように動こうとか、嫌われるから下手なことはしないようにしよう、などという考えを気にしている余裕は無くなってしまった。

疲れた、今はとにかく休みたい。そんな考えが頭を支配し、ついつい戸塚へと声を荒らげてしまった。

「休みたい、か。確かに君達がこんな森の中を歩くのは厳しいと思うよ。だから、僕としても休ませてあげることができるのなら休ませてあげたい」

そんな彼女達のことを、戸塚はめんどくさく思いながらもぞんざいな扱いをすることなく優しく語りかける。

正直、戸塚としてもこんな足手纏いにしかならない一般人など捨てておきたいと思っている。

だがそれでは駄目だ。それでは確かに自分は安全に外に出ることができるかもしれないが、その後の評判はどうなる。一般人を見捨てて逃げてきた男。そんな評価が下されるようになれば、戸塚にとってはそれこそ憤死ものだ。

プライド、自尊心の塊。それが戸塚涼という男の本質。

だからこそ、戸塚は面倒だと分かっていながらも、足手纏いを引き連れて行動することにした。彼女達と共に進み、助けることができれば、自分の評価は上がるから。危険な状況であっても一般人を見捨てることなく助け出した『勇者』と。

全員を助けられなかった事で批判されるかもしれないが、その場合は一緒にいた瑞樹や浩介が他の者達を誑かしたからと言えばいい。

戸塚が引き連れている足手纏い達は、そのための証人でもあった。

とはいえ、それでも批判されることもあるだろう。戸塚が瑞樹達とは別行動をとったから全員助けられなかったのではないか、と。

だがそれは、『全員助けられなかった』ではなく、『少しであっても助けることができた』という方向に持っていくことができれば問題なくなる。ダンジョンという場所の危険性についてをこれでもかと押し出せば、決して不可能なことではない。戸塚はそう考えていた。

「じゃ、じゃあ休もうよ！」

しかし、そんな戸塚の考えなど知ったことではない一般人の女性達としては、すんなりと頷けることでもない。

馴れ馴れしく話しかけてくる女性にイラつきながらも、この女達をどう動かすかと戸塚は考えを巡らせる。

「それは――ちょっと無理かな」

と、そこで天が戸塚に味方をした。

「戸塚さん！」

突如として人型の獣が森の奥から現れたのだ。

その人型の獣――モンスターは、最初に森に入る前に遭遇した獣型とは違っているが、やることは変わらなかった。つまり、人を襲うことだ。

戸塚についてきた冒険者達は一般人の女性達を守っていたが、彼女らが疲れたと騒いだ事で意識がそちらに持っていかれ、その隙をつかれて守りを抜かれることとなった。

その結果、モンスターは冒険者達の守りを抜けて一番近くにいた女性へと狙いを定めて襲い掛かり――

「い……あ、ああ……き、きゃあああ！」

戸塚の放った氷の剣に頭を貫かれて死んだ。

「あ、ありがとうございます！　ありがとうございます！」

かなり接近された状態で仕留められたため、襲われた女性はそのモンスターの血を浴びることとなった。

だが、襲われた恐怖から助けられたからだろう。血塗れとなった自身の状態など気にする事なく、腰を抜かした状態のまま地面を這うようにして戸塚の足に縋りつきながら感謝の言葉を繰り返した。

「いや、当然のことをしたまでだよ。君に怪我はないかな？」

そんな女性に、戸塚はその場でしゃがんで目線を合わせて優しく微笑みかけた。

「は、はい。大丈夫です！」

「そうか。ならよかったよ」

そう言ってから戸塚は立ち上がり、先ほどまで疲れた、休みたいと口にしていた女性に向かって語りかけた。

「それで、さっきの話だけど、ここはダンジョンの中なんだ。僕から離れると襲われることになるかもしれない。それでも休みたいかい？」

「い、いや、あの……でも、涼も一緒に休んでれば……」

確かに戸塚が一緒に休めば安全は確保されるだろう。だから一緒に休めというのは当たり前の考えと言えるだろう。

が、戸塚は進み出してからまだ数時間と経っていない場所で休むつもりなど毛頭ない。

「それは――」

戸塚が女性の言葉を拒絶しようとしたところで、邪魔が入った。邪魔、というよりは、戸塚にとっては助けと言えるか。

「ごめんね、涼！　そんなことできるわけないよね。まったくこのバカは、なんにも考えてないんだから。助けてもらってるのに邪魔をすんなっての。私らはまだ歩けるから、どんどん進んじゃって！」

休みたいと口にした女性とはまた別の女性が、その女性の肩を押して場所を奪い、親しげな様子で戸塚に話しかける——いや、媚を売る。

「そうかい？　ありがとう。助かるよ。君の名前を聞いてもいいかな？」

その女性がどんな思惑でこんな行動を取ったのか、戸塚にも理解できたが、今は都合がいいので特に咎めることもなく利用することにした。

「あ、う、うん！　ゆ、由衣！　佐藤由衣です！」

「由衣。君達にはこれからも苦労をかけるだろうけど、どうかついてきてほしい。最後までちゃんと守るから」

「あ……は、はいっ！」

少し強引だったかと思っていた女性だったが、憧れの戸塚涼に感謝してもらい、自分の名前も呼んでもらえた。そしてお願い事までされたとなれば舞い上がらないわけがなく、戸塚の言葉に即座に返事をした。

「おっと、また敵が来たみたいだ」

やはり森に入ったからだろう。浩介の予想通り敵が増え、戸塚達へと襲いかかってくる。

だが、それら全てを戸塚は処理していく。その姿は危うさなどカケラもなく、やはり戸塚は『勇者』で、戸塚についていけば大丈夫なんだとその場にいる者達に思わせた。

「流石です戸塚さん！」

「勇者様〜！」

目の前で危険な存在がこともなく処理されていく様子を見て興奮しているのだろう。冒険者だけではなく、他の一般人達も敵が――生き物が〝死んだ〟ことなど気に留めずに戸塚を持て囃していく。

もうすでに、休みたいだなどと戸塚の行動に不満を溢すものはおらず、全てがうまくいっているように感じた戸塚は気分を良くした。

「みんな。大変だけど、絶対にここから生きて帰るぞ！」

戸塚は自身が率いる者達へと振り返ると鼓舞するように叫び、戸塚の言葉に応えるように皆声を上げた。

その声が、敵を誘き寄せるだなんて考えもせずに。

そうして、戸塚達はさらに森の奥深くへと進んでいく。

――伊上　浩介――

何事もないまま進み続け、三時間が経過した。魔法使い達に指示を出して強化したことで、一般人達であっても特に疲れた様子を見せる事なく歩き続けることができている。あとはこのまま何事もなくゲートを見つけることができればいいんだが……

「コースケ。何か来る」

なんて思ったが、そんな甘い考えは許さないとばかりに、周囲の警戒を任せていた安倍から敵の報告が上がってきた。

「総員警戒！　森から敵襲あり！」

安倍から報告を受けた瞬間、それまでとは頭のスイッチが切り替わり、即座に指示を下す。

突然の指示を受け一般の冒険者達はすぐに動いたが、やはりというべきか、学生……特に一年生達はろくに動けず、混乱し、慌てた様子を見せている。

「近接は前に出て守れ！　後衛は魔法を使わずに様子見だ！　一般人はそのまま動かず待機！　この程度なら問題なく守れるから無駄に動くなよ！　動いたら見捨てる！」

だが、混乱している学生以上に厄介なのが、一般人だ。学生は、混乱していると言っても戦う力があるのだから多少なりとも冷静に物事を見ることができる。

だが一般人はそうではない。戦う力などなく、完全に人任せでいるしかない。そうなると、危険が迫った時には混乱して思いもよらない行動をとってしまうものだ。

それをなくすために、一般人達には改めて〝動くな〟と指示を出した。

「獣？……人狼か」

そうして指示を出し終わったちょうどその時、敵が森から姿を見せた。

ベースとしては青白い体毛をした狼と言ったところだろう。それが二足歩行で走っている。

種族的には人狼と言えるかもしれないが、いかんせん醜すぎる。

剥き出しの牙にダラダラ溢れる涎。伸び切った爪は、もはや剣が指先についていると言ってもいいだろう。そのくせ体毛は無駄に艶がある。なんともアンバランスな見た目だ。

狼はかっこいいと思うが、こいつはとてもではないがそうは思えない。あるいは、人狼ではなくコボルドの類かもしれないが、どっちにしても敵であることに変わりはないが。

「なっ、めんなあ！」

「死ねっ、オラッ！」

しかし、その襲いかかってきた獣達も、前衛を務めている冒険者達によって倒されていく。

森から現れ、襲いかかってきた獣のモンスターの群れは、一匹たりとも後ろの一般人の元へと通すことなく処理された。

「安倍、敵の反応は？」

「熱源はない」

見える敵を全て倒し切ったところで安倍に確認したのだが、どうやら今回はこれでおしまいのようだと分かり、ほっと一息つく。

「敵性反応なし！　警戒は維持しつつ休め！　一旦休憩とする！」

敵が現れて戦いこそ起こったものの、結果としては特にこれといった問題も起こらずに処理し切ることができた。

流石はベテラン達だ。その中には三級もいて、ろくに武装が整っていないというのにもかかわらず大きな怪我をすることなく処理できている。

学生達も、あれは二年か三年だろう。最初はモンスターの出現や自分達の装備の不完全さでビビって出遅れていたし、戦い始めても少しまごついていたが、しばらく戦っていれば徐々に動きが良くなっていき、敵の攻撃を防ぎ、その間に別の者が倒すという連携で結果を出すことができていた。

あまり学生に期待はしていなかったが、この分なら予想外なことがない限りは戦力に数えてもいいかもな。

ただ、このままでは少しまずいかもしれないとも思った。現状一年は戦力として数えていない。もちろん何かあった場合は戦わせるつもりだが、基本的には攻撃はしないで観察と守りに専念させるつもりだ。

流石にダンジョンに潜った経験がない奴にまともに装備が整っていない状態で戦えとは言えない。言ったところで役に立たないだろう。

だが、ここはダンジョンで、出ていくためにどれだけ時間がかかるかもわからない。となれば、即戦力にはならなくてもスペック自体は足りているわけだし、戦力は少しでも多いほうがいいんだから余裕がある状況だったら慣れさせていった方がいいか？

「敵の強さが思ったよりも高いか？　だが数はいない。いや、森から出てきたことを考えると、ハグレ？　もしあれがより大きな集団で出てくる事になると、数にもよるが厳しいか？」

見た目が獣であった以上、その性質もある程度は受け継いでいるだろう。そうなると、集団で行動するのが通常である。

問題は、あの集団のように数体で行動するのが普通なのか、それとももっと何十という集団で行動するのが普通なのかというところだ。

今倒した奴らは、もしかしたらハグレではなく探索に出ていただけかもしれないし、そうなると仲間が帰ってこないということで探しに来るかもしれないということが考えられる。そして、その場合は上位種が出てくる可能性がある。

最初に姿を見せたのはただの獣だった。それこそ、俺でも倒せるくらいに弱い雑魚。だが今回は人狼だった。その能力値だけで比べたら、俺より人狼の方が上になるだろう。

獣と人狼、元々別の種である可能性もあるが、獣から進化して人狼になったとも考えられる。そして、一度進化したという実績がある以上、更に進化しないとも限らない。

最初の獣が三級並だった。今回の人狼が二級程度の力だとして、上位種がいるならば一級並の力はあるだろう。

とはいえ、所詮一級。宮野という特級がいる以上はなんの問題もないとも言える。他にも一級がいるわけだし、なおさら問題は薄い……とも思えるが、それは敵が二度しか進化をしない場合の話だ。すでに一度進化しており、更に進化する可能性もある。二度進化を果たしたのなら、三度目、四度目がないとどうして言い切れる。もしそこまで進化を重ねたんだとしたら、その強さは特級となる。

であれば、そんな奴の目につくのはまずい。敵を倒し、血の匂いがしているこの場に留まり続けているのは悪手。できるだけ早くこの場を離れるべきか……。

「伊上さん、このあとはどうしますか？」

と、そこまで考えたところで宮野が声をかけてきた。

「少し休んだら出発するつもりだが、一般人の状態ってのもあるからな……」

「体力的には問題ないみたいです。ただ、先程の戦闘を見て、怯えている方もそれなりにいるようです」

「まあ、普通はあんな化け物達に命を狙われる機会も、目の前で何かが死ぬ光景を見る機会もないだろうからな」

そう言いながら一般人達の様子を確認すべく顔を向けたが、その先では目の前で生き物が死んだからか、もしくは自分達が命を狙われたと今になって実感してきたのか、気分悪そうに暗い顔を見せている者もいる。

まだ全員がそうなっているわけではないが、放置しておけば時間の問題になるだろう。

「宮野。次に敵が来たら、お前が戦え」

それを防ぐために、宮野へと指示を出した。

今回宮野はあまり戦わなかった。一応戦いはしたが、他の冒険者達のフォローが大半だった。それは、冒険者達が今の状態でどれだけ戦えるのかを確認するためにと俺が指示したことだったし、それ自体はいいのだが、一般人達にとっては少しまずかったようだとも思った。

「私ですか？」

「ああ。できるだけ速やかに、簡単に倒したように見える感じで頼む」

「……みんなの安心感のため、ですね」

宮野は俺の言葉の意味を理解したようで、神妙な顔つきで話しながら頷いた。

「そうだ。お前がいれば……『勇者』がいれば大丈夫なんだと思わせることができれば、しばらくは誤魔化すことができるだろ」

先ほどは戦力を確認するためとはいえ、『勇者』を温存した。その結果、少しばかりまごつき苦戦した様子を見せてしまい、一般人達は、『勇者』は実は大したことないんじゃないか、なんて思ってしまったのだろう。

万が一の場合は……いや、そんないつくるかわからない未来ではなく、『次』はもしかしたら襲われてしまうかもしれないと思ったからこそ、暗い顔をしているのだろう。

「わかりました」

それを理解したからこそ宮野も渋ることなく頷いた。

だがこれには、一つだけ気をつけてもらわないといけないことがある。

「頼む。ああでも、あんまり目立たないようにしろよ。雷をドカンとやられると、森の中の敵が俺達の方にやってくるかもしれないからな」

「あ……そうですね。気をつけます」

味方を勇気付けられても、敵が集まるようになったらまずいからな。

「ねえコースケ。それ、私もやる?」

と、俺と宮野が話していると、安倍が声をかけてきた。

「安倍? いや、これは『勇者』がやるから意味があるんだ。お前は引き続き待機だな。ただ、敵の反応だけは頼む」

確かに安倍でも宮野と同じような役割はこなせるだろう。

迫ってきた敵を一撃で焼き尽くす魔法。それは有用ではあるし、鼓舞としても一定の効果はあるだろう。だが、『勇者』ほどではない。今必要なのは『勇者』の活躍だ。

「森ごと燃やせるのに……」

「それはやめろよ? マジでやめろよ?」

「それは、ふり?」

「ふりじゃねえよ。マジで言ってんだよ」

「残念」

普段からあまり表情が変わらない安倍だが、本当に残念そうにしている様子が見てとれた。

残念、というか、悔しい、なのかもしれないが。何せ、実力ではなく名前だけで評価してもらえないのだから。

「あの、でも、なんで森を燃やしちゃいけないんですか？　晴華ちゃんがやれば、敵の数も減らせるんじゃないかなって、思うんですけど」

少し不満そうにしている安倍に続き、今度は北原が問いかけてきたが、その考えもわからなくもない。だが、その考えには問題があるのだ。

「それに巻き込めればな。安倍だって、森全部を一瞬で焼き尽くすことなんてできないだろ？　なら、残った敵がこっちに襲いかかってくる可能性が高いわけだが、その数が数十程度なのか、数千数万といるのか、そこがわからない。それから、森自体に何か仕掛けがある可能性もある。森が焼けると発動する異変とかな」

そう。一瞬で森の全てを焼き尽くすことができるのならありだし、一瞬じゃなくじわじわと時間をかけても確実に焼き尽くすことができるのならいいのだが、残念ながら安倍にそこまでの火力はない。

完全に焼き尽くすことができないと分かっており、焼いたら焼いたで何が起こるかわからないのに力を使い果たされては困るのだ。

これがニーナだったら罠があろうと細工があろうと、一瞬で焼き尽くすことができるからやるんだろうが、あいつと比べてはいけない。

「それに何より、森を燃やすとあそこに入っていった戸塚達まで燃やすことになるかもしれないからな」

森にあるかもしれない仕掛けが発動する頃を考慮した上で森を焼くにしても、その場合は森に入っていった戸塚達が火に飲まれることになる。

「むう。厄介」

「ほんっと、邪魔しかしないわね、あいつ」

安倍と浅田は森に入っていった戸塚に対して不満の声を漏らしている。その気持ちはわからなくもないけどな。

「今頃どうしているんでしょうか？」

「さあな。だが、多分まだそんな酷いことにはなってないと思うぞ」

「そうなんですか？」

「だって考えてもみろ。一般人が、ヒールを履いたりバッグを持ったり化粧を気にしたりして、そんな奴らを引き連れて森の中を歩けるか？」

「無理ですね」

「ああ。最初の三十分くらいはなんとかなっても、一時間もしたら音を上げるだろ。そうなったら休み休み進むしかないわけだが、それだと森の奥に進むことなんてできるわけがない」

確証はないが、よほどの馬鹿やイカレた集団じゃない限りはまだ森の奥には行っていないだろうし、浅い部分を彷徨いているだけだろう。

まあ、そのうち奥に進むことになるだろうから、あくまでも今の時点では、の話になるが。

「そんな浅いところなら大して敵は出てこないだろうし、戸塚だけでもなんとかなるはずだ」

もっとも、戸塚だけでも大丈夫だと言ったのは〝予想外のことがなければ〟という前提のことだが。

だが、あいつだって『勇者』なんだ。しかも自己保身の強い奴。なら、危険な事や想定外のことに遭遇したらすぐに退くだろうし、それだけの能力はあるはずだ。

四章 森に潜む脅威

――戸塚 涼――

「なんで、こんなことに……」

途中までは順調だった。戸塚達は最初に足を止めたものの、それからは誰も何も文句を言う事なく必死になって戸塚についていったため、順調に奥へと進むことができていた。

もっとも、戸塚も全く休ませないのはついてきた者達の体力的にも感情的にも、そして後の評価のためにもまずいと理解しているため、途中で数分程度の休憩を何度か挟んだが。

数分程度の休憩では疲れが取れることもなく、誰もが疲労困憊と言える状態になっていたが、それでも大した怪我をすることなくここまでやってくることができた。少人数で一般人達を守り切っているのは、流石は『勇者』と言えるだろう。

だがそうして戸塚達が森の中を進んでいると、突如として獣の群れに襲われた。

森の外で見かけた獣に、道中で遭遇した人狼。それらが何十体と戸塚達へと襲いかかってきたのだ。

だが、襲われたと言っても所詮は雑魚の集まり。その程度、戸塚という『勇者』の敵ではない。事実、戸塚は襲いかかってきた獣達を全て一人で処理していった。

冒険者達にも任せるという手段もあっただろう。その方が多少なりとも力を温存できたはずだし、何より、そのための冒険者だ。だが、戸塚はそうせずに自分一人だけで片をつける事にした。なぜなら他の冒険者のことなど信頼していないから。精々が一般人達を守るための時間稼ぎの盾、あるいは、一般人達を安心させるための要素の一つ。その程度の認識だ。

それで問題なかったし、冒険者達もそれでいいと思っていた。『勇者』が戦ってくれている。楽ができていい。そんな考えだった。

「これは……ははっ！　僕はやっぱり〝もってる〟な。こんなところでもうボスに会えるなんて！」

戸塚が獣達を処理していると、一際大きく、強い気配を纏う獣が群れの奥から姿を見せた。

その姿を見た瞬間、戸塚はこいつがここのボスなんだと理解した。それほどまでに先程までの獣達とは内包している力が違っていたのだ。

この獣がボスなのだとしても、だからと言ってダンジョンの核なのかはわからない。

だが、倒さないという選択肢はない。何せ、このボスが核かどうかわからないというだけで、本当に核である可能性もあるのだから。もしここで倒さなかったとしても、このボスがダンジョンを構築している核なのであれば最終的には倒すしかないのだ。故に、戸塚はここでこの獣を殺すために狙いを定めた。

(それに、そもそもこんなダンジョンのボスなんて高が知れている。だから問題なく倒せるはずだ。パパッと片付けて帰れば、僕は大英雄だ)

戸塚はそう考え、そのボスと思わしき獣と戦いを……いや、駆除を開始した。そのはず、だった……。

最初のうちは良かった。ボスの周りにいた獣達が襲ってきても問題なく倒せていたし、敵の群れはどんどん数を減らしていった。

ボス自体も、人狼よりも体が大きく素早く、そして力強かったが、『勇者』ほどではなかった。戸塚にとっては問題なく倒せる程度の存在だった。

だが、途中から敵の動きが変わった。ボスと思しき人狼は戸塚の攻撃を避けるようになり、戸塚ではなく他の者を狙うようになった。そのせいでまず最初に一般人の女性が死んだ。

それに動揺し、更に一般人が死に、なんとかしなければと動いた冒険者が返り討ちにあった。

そこでハッと気を取り直した戸塚は、ボスの蛮行をどうにかしよう大技を使い、自分達を囲い、周囲のものを切り裂き、吹き飛ばすような氷の嵐を顕現させた。

それによって一度はどうにかできた。ボスを巻き込んで吹き飛ばし、他の獣達も命を落としていった。

だがしかし、そんな大規模な魔法をずっと発動し続けているわけにもいかず、解除する。

「――は……ははっ……あははははっ！　やった！　やったぞ！　ボスを倒したぞ！」

氷の嵐を消した後には、魔法に巻き込まれたことによって全身に氷の刃が突き刺さったボスの人狼の姿があった。

他の獣達も死んでおり、周りには生きているものは見えない。今この場で生きているのは戸塚と、戸塚についてきた者達だけ。

さあ、これであとは魔力の流れを辿ってゲートの位置を探すだけ。

だが、いつまで経っても周囲に漂っている魔力の流れに変化はない。

……今のはボスじゃなかったのか？　そんな考えが戸塚の頭によぎったが、すぐに頭を横に振った。

「ああいや、今のは核じゃなかったのか。なら、核は別で探す必要があるのか」

それは少し面倒だな。だが、もう敵はいないんだからゆっくり探せばいい。

戸塚がそんなふうに考えた、その瞬間――

「ぶげ――」

「……え?」

戸塚についてきた者達の中央に、一匹の獣が現れていた。

その獣は先ほどまで戦っていた人狼とは違い、完全に四足の獣だった。だが、最初に遭遇した獣とは違い毛艶は良く、気圧されるほどの気配を放つ大狼である。

大きさとしては、高さは四メートルほどだろうか。だが、そんな大きな獣が人の集まっていた場所に現れたとなれば、そこにいた者達はどうなるだろうか。

その結果が、赤く染まった大狼の足である。つまり、踏み潰されたのだ。

「――あ、ああ……あ、い、いあ……ぃ、いやああ――あ?」

突如現れた大狼と、赤く染まった足元を見て叫び出した女性がいた。だが、その叫びはすぐに止められることとなった。首と胴体を切り離すという力技で。

そこからの動きは早かった。目の前で人間が簡単に殺され、殺した存在が自分のそばにいるとなれば、その存在から逃げ出そうと四方八方へと人が散っていくのは当然のことだと言えるだろう。

　だが、そんなことは許されなかった。

――アオオオンッ！

　まるで本物の狼のように大狼が吠えると、いつの間にか周囲に潜んでいたようで、獣や人狼達が逃げ出した者達を狩り始めた。

　わけがわからない。だってもうボスは倒したはずだ。なのにどうして……ここは低位のダンジョンのはずだ。なのになぜこんな奴が……こんな化け物が……。

　そんな疑問が頭の中を渦巻きながらも、戸塚は剣を握りしめて戦った。目の前にいる大狼と周囲にいる獣達へ氷の剣を放ち、攻撃する。

　その氷の剣は先程までと同じように獣達を貫き、殺していく。

　だが、目の前の大狼だけは違った。確かに剣で傷をつけることはできた。だが、それだけだ。傷をつけただけで止まってしまい、大狼が体を振ったと思ったらパリンッと音を立てて砕け散った。

「え――あっ」

　他の獣達には効いていたのに、大狼には望んだ効果が得られず、戸塚は呆然と声を漏らした。だがそれは隙だ。ダンジョンにおいて晒してはならない大きな隙。

戸塚の隙を狙うように大狼は右手を振るい戸塚を攻撃する。戸塚はその攻撃を咄嗟に避けるが、反応が遅れたことで攻撃を避け切ることができず、剣を弾き飛ばされてしまった。

自分の魔法が効かず、武器がなく、目の前には恐怖する程の圧を放つ巨大な狼。

「と、戸塚さん！　たす――」

「い、いやあああ！　りょ、りょおおおお――うぶぎゅ」

そこに、周囲で襲われている者達の悲鳴が聞こえ、それが引き金となった。

自身の状況を認識した戸塚は、感じた恐怖から逃げるように全力で魔法を発動させて辺り一帯を攻撃する。そこに敵味方の区別などなく、全てを一緒くたに巻き込み、貫き、切り刻む。

魔法を発動し、自身と周囲を切り離したことでほんの少しだけ冷静さを取り戻し、そこで味方を巻き込んだことに気がついた。

だが、もう遅い。もう、どうしようもなかった。慌てながらも用心しつつ魔法を解除すれば、そこに残っていたのは手足を失い地に這う者や、氷の剣で串刺しにされている者。

「なんで、こんなことに……」

まともに動ける者なんて、戸塚以外に誰一人として残っていなかった。

「う、あ……た、助けてよ！　助けてくれるって言ったじゃん！　絶対に守るって！　守ってよ！　ねえ！」

そう言いながら戸塚の足を掴んだのは、最初に止まった時に戸塚に気に入られようとした佐藤という女性だった。だが、その女性もすでに片足は無くなっており、片目も潰れている。それでもあの魔法の中でその程度の怪我だったということは奇跡に近いと言えるだろう。

「ねえ！　なんとか言──」

だがその女性は身窄らしい獣達に噛みつかれ、息絶えることとなった。

「お、お前達だ。お前達のせいだ。僕一人なら大丈夫なはずだったんだ。お前達みたいな足手纏いがいるから……だから……」

先ほどまで自身の足を掴み、話していた女性が食い殺される様子を見ながら、戸塚はゆっくりと何度も首を横に振って自分は悪くないのだと繰り返す。

「ひ、ひいっ！　に、にげ……」

目が合った。あの獣と。あの人狼と。あのボスだと思っていたものと同じ奴。そして、あの化け物と──目が合った。

（逃げないと。でもどこに？　そういえば途中で戦闘音を聞いた気がする。あっちだ。あっちに行けば宮野と合流することができる。僕には劣るかもしれないが、それでも勇者なら役に立つはずだ。こんな足手纏い達とは違って、ちゃんと戦力として戦えるはずだ。だから、あっちに行かないとっ！）

そう頭の中に流れる思考に従い、戸塚は身を翻して走り出した。

「仲間さえ……仲間さえちゃんとしていれば、あんな足手纏いなんていなければ、僕は勝ってたんだ。あんな奴らがいたから、本気が出せなかった。あんな奴らがいたから、守るために意識を割かれた。だから、あんな足手纏いがいなければ、勝てたはずなんだ」

力を使い果たしたらどうするのかなど考えず、戸塚は恐怖から逃げ出すために、自分は悪くないのだと繰り返し呟きながら全力で走る。

その背中を、じっと見つめる化け物がいるのを知らずに。

――伊上　浩介――

「コースケ」

「ん。数は？」

森の外周を歩いていると、安倍が俺のことを呼んだが、もう慣れたものだ。おそらくまた敵が来たのだろう。

これまでにも何度か襲撃を受けているが、その時も今と同じように名前を呼ばれたからまず間違いない。

だが、今回の安倍は少し違った様子を見せた。

「一つ……ん？　……一人？」

「一人？　それは人間ってことか？」

「多分？」

はっきりとしないが、わざわざこうして悩むということは今までと反応が違うということだ。人狼とは違う反応をしている人型の存在。そんなもの、この森では人間以外に思いつかなかった。

「……はぐれたか、逃げてきたか」

おそらくは戸塚のところにいた者がはぐれたか逃げ出したかだろう。だが、さてどうしたものか……。

「どうしますか？」

「無視はできないだろ。状況を聞かないといけないし、見捨てたことがバレれば他の奴らに不安が広がる」

おそらくは俺達に遭遇すれば、向こうは助けを求めてくるだろう。そんな存在をここで見捨てれば、俺達が連れている者達に不安が広がることになる。もしかしたら自分達も見捨てられるんじゃないかって。

そうでなくても困っている人を見捨てれば人情的に不満に思うものだ。普段ならだからどうしたと言いたいところだが、今はそんな小さなことでも怖い。

「素直に助けたいって言えばいいのに」

俺が素直になれずに誤魔化したと思ったのだろう。浅田は呆れた様子で言っているが、それは違う。

「そりゃあな、助けたいさ。だが、それとこれとは別だ。助けたいからって誰も彼もに手を伸ばしてれば、それは隙となって自分達の危険になる。だから、今優先すべきは俺達と、俺達についてきてくれた奴らの安全だ。そのためなら、一人くらい見殺しにするさ。だから、今は純粋に〝利〟になるから助けるんだよ」

そうして話していると、森の奥に一つの人影が見えてきた。その人影を確認するために目を凝らしてみると……

「戸塚？」

やってきたのは一般人でも冒険者でもなく、『氷剣の勇者』である戸塚涼本人だった。

「……クソッ。こうなったか」

ある程度はこうなる可能性も想定していた。戸塚が『勇者』といえど、ここは未知の領域。何があるかわからない。だから、負ける可能性は考えていたんだ。

そして俺の予想通り、その可能性が現実となった。それも最悪な形でだ。

ただ死ぬだけならよかった。だが、生き延びてここまできたとなると、他の奴らに不安が広がる。何せ『勇者』が逃げたのだ。それだけ危険な状況であると思うのは当然だし、実は『勇者』なんてなんの役にも立たないいんじゃないかとすら思われるかもしれない。それは今の状況においてまずいことになる。

だからこちらに来る前に処理してしまおうと考え、魔法を放とうとする。森から来たのだから人狼と間違えたといえば言い訳になる。それで不満や不信感が出たとしても、『勇者』が敵から逃げて来た状態で醜態(しゅうたい)を晒すよりはマシだ。

だが、よほど全力で走っているのか、思っていたよりも戸塚がこちらに来るのが速かった。

「お、おい。あれって戸塚だよな？　なんであんなに傷ついてるんだ？」

「いや、それより他の奴らはどうしたんだ？　あっちについて行ったのって結構いたよな？」

「まさか、やられたのか？」

結果、処理する前に他の者達に見つかってしまった。

戸塚は俺達の前に辿り着くと、転ぶような勢いで倒れ込んでしまった。

そんな様子に舌打ちと悪態を吐きたい気持ちでいっぱいだが、そんな感情を押し殺して状況を理解するために戸塚へと近づいていく。

「戸塚。どういうことだ。なんでお前がここにいる。他の奴らはどうした？」

「伊上、浩介……」

四つん這いとなって俺のことを見上げながら名前を呼んでくる戸塚の目には覇気がなく、別れる前にはあった敵意すらもない。あるのは怯えだけ。

「僕は……僕は、悪くないんだ。あいつらが相手でも、僕は戦うことができてたんだ！」

俺に話すというよりも独白する……いや、子供が言い訳をするかのように呟いている。

「あいつらってのは敵のことか？　どんな奴だった」

「獣だよ。身窄らしい獣に気持ち悪い見た目をした二足歩行の獣どもだ」

「こっちで見たのと同じか。だがあの程度、お前の実力ならどうにかなるだろ？」

「そうさ！　僕はあいつらを倒すことができてたんだ！　ボスだって、ちゃんと戦えてたんだ！　なのにあいつら、僕に敵わないと見るや他の奴らを襲い始めて……僕だって戦ったのに、ちゃんと守ろうとしたのに、あいつらは守られてるだけで何もしようとしなかった！　ボスを倒してからあの化け物が来た後だってっ！　……あれだけの数を守るのなんて無理に決まってるだろ！　あいつらがちゃんと戦って、自分のことくらい守っていれば、僕は守りを気にする必要なんてなく、倒すことができたはずだ！　あんな化け物だったとしても、倒せたはずなんだ！　あいつらが邪魔だから……あいつらが情けないから僕はこんな目にあったんだ。僕は悪くない！　あいつらのせいだ！　あんな邪魔がいたから！」

化け物？　……やっぱり、さらなる上位種がいたのか。でもボスは倒したって言っているが……いや、ボスだと思っていたのが実は違った感じか。そうなると……マジで追加で二段階進化したのかよ。そりゃあ確かに化け物だ。何せ、特級相当のモンスターになるんだからな。

「くそっ！　なんでだよ。なんであんなのがいるんだよ。そんなの聞いてないぞ！　ここは雑魚だけのはずだろ、くそっ」

仲間が悪い、足手纏いだった、敵が強い。……そんなのは、最初から分かっていたことだ。ここにいるのはこのダンジョンを攻略する覚悟をして集まった者ではない。ただの巻き込まれただけの存在だ。なら、役に立たないのは当たり前の話だし、敵が強いのだって何が起こるのかわからないと最初に話した。

それを無視して別行動を取ることを選んだのはこいつ自身。むしろ、悪いのは戸塚についていった者達ではなく、そんな選択肢を用意してしまった戸塚だろう。

「それはお前のせいだろ。最初から足手纏いになることはわかってたはずだ。それに、ここはどんな場所かわからない。何が起こっても不思議じゃないんだとも言ったはずだ。それでも守れるって言ったのはお前だろ」

「だってここは二級程度の雑魚ゲートなんだぞ⁉　そこにいる奴らにあんな化け物がいるなんて思わないだろ！」

「そもそも俺達がここにいること自体がイレギュラーなんだ。多少の予想外は想定しておくべきで、敵は自分の考えよりも強く見積もっておくべきだ。それが冒険者としての常識ってやつだろ。それがわかってないから、お前は冒険者に相応しくないっつってんだよ、勇者様」

なんのかんのと言っているが、結局のところこいつがダンジョンやモンスターという存在を舐めていただけだ。『勇者』という力と立場に胡座をかき、『人類の脅威』を侮ったのだから当然の結果だと言える。それに巻き込まれた形になった者達にとってはそんな言葉で片付けられることでもないだろうけど。

「うるさい！　僕ならやれるんだ！　仲間さえ……一緒に連れてく奴さえまともなら、こんなダンジョンすぐに攻略することができるんだよ！　だから……」

いやいやと子供が説教から逃げるように頭を振りながら叫び、立ち上がると、戸塚は立ち上がった勢いのまま俺を押し退けて宮野の方へと近づいていった。

「宮野瑞樹！　君は僕と同じ『勇者』で、あんな足手纏い達とは違う。君と僕が組めば、こんなところすぐに攻略できるはずだ。いや、そうに決まってる！　だから、さあ！　僕と手を組むんだ！」

無様な動作で宮野の前に進み、呼吸を荒くしながら宮野へと手を伸ばした戸塚。

確かに、その言葉の内容自体は間違いとはいえない。何せ特級相当の敵が出現したんだ。三級や二級ではどうすることもできないし、一級であっても厳しいものがある。少なくとも、ちゃんと情報を集めてチームを組んで装備を整えて……そこまでやってようやく倒せるかどうかという敵を今の俺達が相手するのは不可能だ。

だから、現状で俺達がその敵を倒そうとするのなら、『勇者』である二人が協力するのが一番無難な作戦ではある。

だが、そもそもの話そんな敵を倒す必要なんてないんだ。こいつは自分のプライドからか、倒さなければダメだ、倒さなければ帰れないんだと思い込んでるみたいだが、そんなことをしなくてもゲートを見つけることさえできればなんの問題もないのだから、今の状態で特級の化け物を倒す必要なんてどこにもない。

それに、倒すにしてもこいつと協力するよりも宮野達だけで挑んだ方がまだ勝率があると思う。息の合っていない急造のチームというのはそれほどまでに厄介なのだ。

これがどこでも合わせられる補助型の奴だったらよかったのだが、戸塚は自分を軸に戦うタイプだから、そんな奴が加わっても邪魔にしかならない。特に、今みたいに恐怖で精神状態が乱れているようでは尚更な。

「瑞樹」

そんな戸塚の呼びかけに対し、宮野は足を踏み出したが、そこで安倍が何かを心配するように宮野に声をかけた。

「大丈夫よ」

だが、宮野は一旦足を止めて安倍へ微笑みを返し、再び戸塚の方へ歩き出した。

「北原ちょっといいか?」

「え?　あ、はい」

そんな様子を見ながら、俺は北原に声をかけた。

北原は宮野がどう答えるのか不安がっている様子だったが、多分大丈夫だ。それよりも、お前にはやってもらわないといけないことがある。

先ほどの安倍の呼びかけ……あれが浅田だったら特に気にしないのだが、あの場面で安倍が声をかけるというのは、少し気になる。

「申し訳ありませんが、お断りさせていただきます」

そうして北原に指示を出しているうちに宮野は戸塚の前へと辿り着き、軽く頭を下げながら拒絶の言葉を口にした。

「は……？　き、君は自分が何を言っているのかわかっているのか！　僕達が組めば攻略できるんだぞ？　全員を守りたいんだろ？　こんなところから帰ることができるんだ！　だったら！　僕に協力するのが最善だろ！　なんでそれがわからないんだ！」

戸塚が宮野を誘うのは二度目だが、今は状況が状況だ。断られるはずがないと思っていたのだろう。断られた戸塚は一瞬わけがわからなそうな顔を見せたが、二度目ということもあって頭のどこかでは断られる可能性も考えていたのかもしれない。すぐに気を取り直し、慌てながら宮野へと言い縋った。

「確かに、私は私自身と仲間達。それからこの場所にいる皆さんを守りたいと思っています。ですが、そのためにあなたの協力が必要だとは思っていません。他人を見下し、自分勝手に行動するあなたは、むしろ私の行動の邪魔になります」

宮野は自分の腕を掴んでこようとする戸塚から一歩引いてその手を躱し、首を横に振ってからこれ以上ないくらいにはっきりと告げた。

「じゃ、邪魔だと？ ぼくが、邪魔だっていうのか？」

「私にとっての最善は、私の仲間達と行動することです。みんなとであれば、このダンジョンも最後まで乗り切れると、そう考えます。私にとって、今の五人が最強のチームですから」

「そ……そんな甘い考えが通じるわけがない！ ここはダンジョンなんだぞ！ 今ある最高の戦力を揃えるべきだろ！」

確かに戸塚の言っていることは間違いではない。間違いではないが、だからこそ戸塚はいらないんだ。たとえ『勇者』なのだとしても。

「はい、ここはダンジョンです。だからこそ、それを理解できていなかった方とは戦えないんです。余計なことをされれば、危険に陥ることになりますから」

戦闘は足し算ではなく掛け算だ、なんていうとどこかで使い古された感じがするが、だがそれは事実なのだ。スペックの大小、強弱だけを揃えたところで、勝てる相手なんて限られる。

「それでは、私達はこれで失礼します。共についてきたいのでしたら、ご自由に。拒みはしませんから」

宮野は最後に再び軽く頭を下げると、戸塚に背を向けて歩き出した。

「あ――」

「き、きゃああ！」

「後ろおおお！」

と、宮野が振り返り、歩き出した瞬間、戸塚がやって来た森から獣達が襲いかかってきた。

獣達の動きは最初からこの時を待っていたかのように素早く、迷いがなかった。事実、待っていたのだろう。宮野が油断し、背を向ける時を。

そうして、後数秒もあれば獣の群れが宮野と戸塚へと到達するとなったところで……

「やっぱり、来たわね」

宮野は獣達の存在を初めから分かっていたかのような動きで剣を構え、斬り伏せていく。

「な、なんでこいつらが！」

「お前の後を尾けて来たに決まってんだろ。獣が獲物を追い詰めたってのに、その獲物をむざむざ逃すかよ。逃して別の仲間の居場所を調べたに決まってんだろ」

戸塚はなんでここに敵が現れたのかわかっていないようだが、そんなのは考えてみれば当たり前の話だ。戸塚が恐怖し、逃げ出すような存在がいたとして、そいつは戸塚よりも格上の存在となる。そんな奴が、何もせずに獲物をただ見逃すはずがない。狩りと同じだ。

一度は逃し、他の獲物の場所を見つけるための作戦というだけ。

宮野を呼び止めた安倍の様子から、近くに敵がいるのだろう、あるいは近づいてきているのだろうと判断した俺は、すぐに周囲に潜伏している敵を調べた。

すると、いるわいるわ。ここからは見えない位置にそろりそろりと近づいてくる獣の群れの反応が感じられた。

おそらくは宮野も察していたのだろう。だからこそのあの動きというわけだ。

一応、万が一に備えて北原にいつでも守りの結界を張ることができるように準備させていたんだが、無駄になったようで何よりだ。

「北原。結界は一般人に変更だ」

「は、はい！」

宮野にかけようとしていた結界が無駄になったことで、代わりにその結界を一般人達を守るために使用させる。

「冒険者は応戦しろ！　他の奴らは結界で守ってるから無駄に逃げたりせず大人しくしとけ！」

ひとまず宮野の対応のおかげで奇襲は防げたが、それでも数が多い。宮野一人で倒し切ることはできないだろうし、できたとしてもそれなりに力を使うことになるはずだ。

まだこの後に戸塚の言った『化け物』がいるだろうから、その対策のために力はあまり使わせたくない。なので、冒険者達を交えての乱戦となる。

「戸塚、お前は……チッ。こんな時まで逃げるかよ」

逃げてきた『化け物』と戦うことはできなくても、一般人達を守ることくらいはできるだろうと思い声をかけたのだが、戸塚はすでに一般人達と一緒に逃げ出していた。

これまでの様子や今の逃げ方からして、すでに魔力のほとんどがないのだろう。だから、『勇者』としての戦いを期待することはできないのはわかる。

それでも、逃げ出すとは思わなかった。……いや、逃げ出してほしくなかった。だって、お前は『勇者』なんだろ？

だが現実として、逃げ出した以上はどうしようもない。あいつはもう怯えて逃げているだけだろう。戦力とは数えずにやるしかない。

「宮野、あまり力を使うなよ。どうせこの後には大物が待ってる」

「戸塚さんの言っていた『化け物』ですよね」

宮野のそばに駆け寄り、忠告をすると、宮野も理解していると言わんばかりに頷いた。

「ああ、そうだな。おそらくだが、特級相当だ」

「それを、私が倒す」

そう呟いた声は普段と比べて力が籠っている響きをしている。だが、些か固くなりすぎだ。

「そうだ。だから、雑魚の処理では力を使いすぎるな。冒険者達がいるし、学生達だって道中で何度か戦闘を経験して、それなりに戦えるんだ。多少時間はかかるだろうが、お前が無理しなくても十分にやれる」

少しでも安心できるようにと、宮野の肩に手を置いて話しかける。

「あたしらはどうすんの？」

浅田は相変わらずドレス姿でありながらも、怯えることがないどころか、肩に大槌を構えながら勇ましく前に出てきてそう問いかけてきた。

そんな浅田と、その背後に続いていた安倍と北原の姿を見て、命の危険がある状況でありながらも少しだけ安堵を感じた。

「お前も同じだ。ほどほどに力を抑えとけ。ただ、安倍。お前だけは一発でかいのを放ってやれ。その後魔法が使えなくなったとしても、乱戦になる前に少しでも多く数を減らしておきたい」

「ん。おっけー」

俺からの指示に頷いた安倍は、数歩程俺達から離れると正面に杖を構えて魔法を構築し始めた。

「北原は後ろの守りを切らすなよ。それから、手足の一・二本が吹っ飛んでも回復できる程度の余力はとっておけ。それ以外は味方の守りや治癒を適当に頼む」

「わ、わかりましたっ」

北原は特級ではないが、そうであっても手足の欠損くらいは治すことができる。治るという保険があるのなら、多少無茶をする必要がある場面でも臆することなくその手を選ぶことができる。

「後は……咲月。お前は――」

俺達が動くことになれば、咲月を守る者がいなくなる。

だから咲月の安全のためにも、後ろで守ってろと、そう言うつもりだった。

こんな敵が群れで攻めてきた状況だ。遊ばせておく戦力なんてない。だから咲月が一年生だろうと前に出して戦わせるべきだってのは理解している。たとえそれが身贔屓だと理解していても。

だが、それでも俺はこいつに戦ってほしくなかった。

とはいえ、それをはっきりと口に出して言えば他の者達からも反感を買うことになる。

だから後ろを守れなんて誤魔化して言ったのだが……

「戦う。叔父さんがあんまし私を前に出そうとしないのは知ってるけど、戦うよ」

　俺が何を言おうとしたのかまでは分からなかっただろう。だが、俺の態度から考えを見抜いたのか、咲月は俺のことを見据えながらはっきりと宣言した。

　その体は小さく震えている。戦うと口にしたものの、きっと怖いのだろう。

　だが、それでも戦うのだと口にした。それは勢いや場の流れというものもあるだろう。

　しかし、それだけでもないはずだ。いろんなことを考えて、戦わなくちゃいけないんだと自分を奮い立たせ、怖さを無理やり押し込んで覚悟を決めた。

　そんな姪の覚悟を無駄にするなんて、できなかった。

「……わかってるよ。ただ、倒すことを考えるな。お前の役割は斥候役。速さを活かした撹乱だ。他の冒険者達が抑えてる敵に横から斬りつけて隙を作り、一撃で逃げろ。そしたら別の敵を狙って同じことを繰り返せ。拮抗している状態で隙を作れば、あとは勝手に倒してくれる。大事なのは敵を倒すことじゃなく、敵陣で足を止めないこと。そして、味方を死なせないことだ。状況を見て、苦戦してるところがあったら横槍を入れて助けてやれ。それがお前の戦い方だ」

　だから、俺にできるのはこんな助言だけだった。

「うん……わかった」

その言葉に頷いた咲月は拳を握り締め、唇を噛みながら敵を見据える。

緊張するのは分かるが、それにしても緊張しすぎだ。このままでは少し危ないかもしれない。

「力を抜け。言ったろ。大事なのは敵を倒すことじゃない。広い視野で戦場を見回すために、冷静になれ。敵と戦うことよりも、敵の邪魔をすることを考えろ。今のお前は戦士じゃなく、指揮官として考えるんだ」

敵のことを見ている咲月の肩に手を置いて、ゆっくりと話す。

「戦士じゃなくて、指揮官として……」

「そうは言ってもいきなりうまくやることはできないだろうし、緊張するなってのは無理なことだってのはわかってる。だから、疲労を感じたり、焦りを感じるようなら、一旦下がって仲間と話せ。頼って寄りかかれ。そのための仲間だ。そうして一度深呼吸をするんだ。それから自分で自分を叩け。そうすれば少しは冷静になれる」

「仲間……みんなを……」

そう呟きながら、咲月は顔を動かして後ろにいたチームメンバー達の顔を見る。

「うん。ありがと」

「どういたしましてだ」

俺と話し、仲間の顔を見たことで、改めて覚悟を決めることができたのだろう。

一度深呼吸をした咲月の表情は、先ほどまでのものよりも凛々しいものとなっており、体の震えも治まってきている。

まだ完全に震えが治まったわけではないし、体は固いままだが、こればかりは仕方ない。

いくらここで話をしようと、実際に成功するまではこの緊張が解けることはないだろう。

だが、今この状況においてここまで持ってくることができたのなら十分だ。

「しっかしまあ……無駄にたくさんいるな」

俺達が話をしている間に獣達は森から出てきており、俺達の事を半円状に包囲し、睨み合う形となった。

この状態でもまだ攻撃を仕掛けてこないのは、奇襲が失敗して警戒しているのか、まだこれから数が増えるからか、それとも『化け物』がやってくるのを待っているのか……なんにしても、待っていてくれるのなら都合がいい。

「ところで、伊上さんはどうするんですか？」

「俺は――」

睨み合いが続く中、宮野が問いかけてきたのでそれに答えようと口を開いたのだが……

「できた」

そこで安倍の魔法が完成したのだと告げられた。

「総員ここより前に出るなよ！　大技に巻き込まれるぞ！」

俺がそう告げた瞬間、それが開戦の合図だと思ったのか敵の獣達が動き出し、襲いかかってきた。

敵の動きに反応して冒険者達も身構え、武器を握る手に力を込める。だが、その武器が襲いかかってきた獣達に振るわれることはなかった。

「――《炎波》」

叫んだわけではない。だが、不思議とはっきりと聞こえた安倍の声をきっかけに、世界が一変した。

それまで目の前には草と森と獣しか見えなかったが、今は一面の赤。炎だけが視界に映っている。

「炎の津波か……これなら、死なないにしてもダメージは入るだろうな」

安倍を基点に放射状に広がった炎は、もはや単なる『波』ではない。まるで津波の災害のように、大きな壁となって敵を飲み込み、焼きながら前へ進んでいく。

その炎の津波が通った後には焼け焦げた地面と、焼けた樹木。そして、敵の死体が残った。

「これで減ったわけ？」

「まあ、減りはしただろ。どれくらい減ってどれくらい残ってんのかは知らねえけどな」

炎の津波が前へ前へと進んでいく光景を見ながら浅田が問いかけてきたが、少なくなっているのは確実だ。実際、俺達に襲いかかってきた獣達は死んでるわけだしな。

だが、それでも全部の敵を倒すことができたとは思えない。今ここに集まっていたのが全部ってわけでもないだろう。

あの炎の津波も徐々に火力が下がっているみたいだし、森の奥にいた奴らなら、生き残ってる可能性は十分にある。最低でも、戸塚がボスだと思っていたらしい進化種は生きてるだろうし、『化け物』も生きてるはずだ。

「……まだいっぱいいる。二百……三百……最低それくらい」

「だとよ。単純に考えてこっちの五倍以上は敵がいることになるな。しかも、全部二級以上で、一級も混じってると来たもんだ。はは っ。……笑えねえなあ」

あの炎に耐える敵があと最低でも三百か。こっちは装備が整ってない上に人も足りないってのに……まったく、嫌になるな。

「笑えないって、今笑ってたじゃん」

俺の言葉の揚げ足を取るように話す浅田だが、どこか声が固い。流石にこいつも緊張しているようだ。普段であればまだしも、今はろくに装備が整っていない状況だからな。この会話だって、緊張を誤魔化すためのものだろう。

だが、緊張しているのは俺も同じだ。今回で何度目になるのか数えるのも嫌なほど遭遇したイレギュラーだが、これぱかりはいくら経験しても慣れるものでもない。何せ、命がかかっているんだから。

「空元気ってやつだよ。バカみたいな状況に頭がイカれて笑いがこぼれただけだ」

「あんたの頭がおかしいのは最初っからじゃない？　じゃないとイレギュラーと戦おうとか思わないっしょ」

「俺だって、戦いたくて戦ってるわけじゃねえんだけどなぁ」

そうして警戒をしながらも話をして緊張を誤魔化していると、焼けた森の奥から、一際でかく威圧感のある存在が現れた。

「……ボスのお出ましか」

見た目は巨大な狼だ。獣、人狼、強化された人狼ときて、また獣に戻ったようだ。進化したんだか退化したんだかわからないな。

だが、その圧が半端じゃない。正しく『化け物』。特級相当の敵だ。

全体的な色は灰色だが毛艶はよく、光を反射しているために銀色のようにも見える。そしてその艶のある体毛は、足と口の部分が赤く染まっている。おそらく戸塚の方について行った奴らを殺した時のものだろう。

だが、あの見た目に、感じる圧。それからその振る舞い。仲間がやられようと、森が焼かれようと、臆す様子を微塵も見せることなく堂々と歩く姿は、ただの狼というよりもっと格の高い存在に思える。それこそ、昔はいたニホンオオカミを神格化した存在である真神のような。あるいは、北欧神話のフェンリルのような、そんな存在のように。

こいつが本物の神様だとは言わないし、そもそも神様なんて会ったことがないんだから言いようがないが、少なくともそれ〝らしさ〟はある。戸塚が『化け物』と称したのも分かる。確かにこれは『化け物』だ。

「無理して敵を倒すんじゃなく、守るんでも逃げるんでも、とにかく時間を稼ぐように戦え！　一級が結界を張ってるから後ろは気にしなくていい！　時間さえ稼げば『勇者』が倒しにいく！　だから今はとにかく生き残ることを考えろ！　自分一人だろうと、戦力が死ねば後ろの一般人十人が死ぬことになるぞ！」

俺が冒険者達へと指示を出すのと同時に、森から姿を見せた大狼は足を止めることのないまま遠吠えをあげた。

それはきっと何らかの指示だったのだろう。大狼の声と共に周囲の獣達が一斉に動き出し、再び襲いかかってきた。

先ほどの一撃と同規模の魔法を使うことができれば処理できたかもしれないが、安倍にそんな余力はない。もうしばらく休んでいる必要があるだろう。それに魔力（まりょく）が足りたとしても、そもそも今からでは用意する時間もない。

だから俺達は、迫（せま）り来る獣達を自力で倒していくしかないのだ。

「伊上さん！　あれは私がやります！」

「あたしらもいくわよ！」

「いや、待て！」

自分がやるのだと宣言すると同時に飛び出して行った宮野と浅田だったが、それを呼び止める。

だが、それは少し遅（おそ）かったようで、比較的（ひかくてき）足の遅い浅田は止まることができたが、宮野は今の一瞬（いっしゅん）で大狼の所まで辿（たど）り着いてしまっていた。

「ちょっ！　なんで止めるわけ!?」

「え!?　あの――くっ！」

急に呼び止められたことで宮野は動きを乱したが、そこで無理に狙いを変えるのはリスクだと考えたのだろう。大狼の頭に雷（かみなり）を纏（まと）った剣（けん）を振り下ろした。

だが、その剣は大狼が首を傾けることで簡単に避けられてしまい、逆に右の手を振り払うというカウンターが放たれた。

単純な動作ではあるが、まともに食らえば人なんて簡単に死ぬことが分かるほどの一撃だ。

しかし、宮野はそんな凶悪な一撃を余裕を持って避け、そのままこちらへと戻ってきた。

一旦下がるという、追撃のチャンスであったにもかかわらず、大狼は宮野を追いかけることなく、悠々と歩いているだけ。余裕からか、王者の矜持からか、あるいは罠だとでも考えたか……何にしても、時間をくれるならありがたい。

「伊上さん、何でですか？　あれは特級相当……あれが例の『化け物』ですよね？　なら、私がやらなくちゃ……」

「違う。私〝達〟の獲物」

一度に魔力を使いすぎたせいで疲弊した様子の安倍だが、それでも戦意は失せていないようで、後方から宮野の言葉を訂正した。

「最終的にはな。だが、それよりも先にお前達は周りの奴らを倒せ。流石にあのでかいのと戦ってる最中に邪魔されたら厳しいだろ」

それに、宮野達が助けに回らないと多分今の状況を維持しきれない。一時間と経たずに誰か死に、そこから崩れていくはずだ。だから宮野達には、周りの奴らをどうにかしてほしい。

「そ、それは、そうですが……でも、あの大きい獣はどうするんですか……？」

まあ、それは当然の疑問だよな。周りの奴らを倒す必要があるが、アレを放置しておくわけにもいかない。誰かが引き止めておく必要があるのだ。そして、その役が誰かといったら……

「それはこっちでなんとかするつもりだ」

現状、俺しかいないわな。

宮野は戦場のお掃除で、浅田一人では対応しきれない。安倍はお休み中だし、戸塚は役立たずで、他の一級達も無理となれば、考えるまでもない。

「え……。伊上さんが、ですか？　一人で？」

「まあ時間稼ぎくらいはできるからな。これまでそれなりに一緒にやってきたろ。少しくらい信用してくれてもいいと思うんだがな」

倒すことができるとは思わないが、時間稼ぎくらいはできると思う。

「あ、いえ、信頼はしてますけど、でも今の伊上さんは万全ではないですよね？」

「そこは北原に強化をかけてもらうことでどうにかするさ。頼めるか？」

「あ、は、はいっ。大丈夫です！」

「最悪、北原が魔力切れても他に強化をしてくれる奴はいっぱいいるからな。むしろ普段俺が自前でやってる時よりも強くなるんじゃないか？」

普段俺は戦闘中に魔力切れを起こして戦えなくなることを避けるために必要最低限の強化しかしていないが、北原が強化の魔法をかけてくれるんだったら普段よりも戦いやすくなるはずだ。

とはいえ、北原は結界張ったり治癒のために温存しておかないとだったりして途中で強化が切れるかもしれないが、その場合は他の奴らに頼めばなんとかなるだろう。

「だがまあ、万全じゃないのは確かだし、途中でミスってそっちにいくかもしれない。警戒はしておいてくれ」

俺の言葉を聞いた宮野は一度大狼のことを睨むと、すぐに視線を外してこちらに向き直った。

「……わかりました。それでは少しの間、アレはお任せします。五分で全て片付けて加勢しますので」

そう言い終えて軽く頭を下げた宮野は、剣を構えるとすぐさま走り出し、敵を斬りだした。

「今更なんか言っても無駄だと思うし、あんたしかいないのも分かるけどさ……死んだら怒るからね」

宮野の後に続くように、浅田はそう言うなり走り出した。

二人の姿を見送ってから北原へと顔を向けると、北原は頷いて俺の体に強化の魔法を施した。

……やっぱり、普段よりも動けそうだな。あんまり動きすぎると内臓にくるかもしれないが、まあ何とかなるだろ。

「……ふう。まあ、腕の一・二本くらいは必要経費かね」

意識を切り替えるためにそう口にし、大狼と向き合う。

だが、大狼はそれなりに時間はあったと言うのにある一定の距離で止まってそれ以上は動いていなかった。どうやら、こっちの準備が整うのを待っていたようだ。それがどうしてなのかはわからないが、こっちの様子を見て待つことができる程度の頭はあるようだ。

「よおよお、おいぬ様。待っててくれたってことは、それなりに知能はあるみたいだな。ついでに、クソ悪い性格のようで」

俺が挑発気味に話しかけると、大狼は声こそ出さないがニヤリと笑ったような気がした。

「本当はやりたくねえけど、少しばっかし相手してもらうぞ」

剣を肩に担ぐように構え、走り出す。

大狼へと接近し、右手へと剣を振り下ろすが、まあ当然ながら当たらない。

大狼は、こんなものかと言うかのように、無造作な動きで右手を引いて避けた。

宮野の攻撃を軽々と避けたくらいなんだから、多少強化されているとはいえ俺程度の攻撃なんて当たるわけがない。そんなことはわかっていたさ。

剣を避けるために動かした右手を、虫を潰すかのような動きで叩きつけてくる。

その叩きつけを大狼の懐に飛び込んで避けたが、後方から響いた轟音と衝撃が俺を襲う。

あんな威力の攻撃だ。そりゃあこうなるだろうよ。と、背後の光景を想像しながら、振り返ることなく突っ走り、腹に剣を突き立てる。

だが、力を溜めたわけでもなく、そもそも元の力が弱い俺では隙だらけの大狼の皮膚には傷一つつけることができなかった。

懐に潜り込んで剣を振った俺を退かすために、大狼は後ろ脚で蹴り付けてきた。

強化されている体でその脚を避け、攻撃してきた脚とは逆の脚の裏にある筋へと剣を叩きつける。最早まともに斬れないのは承知の上。であれば、切るのではなく衝撃でダメージを与えようと考えたのだが、果たしてそれに意味はあったのかどうか。

脚を斬りつけた直後、その切りつけた脚が俺を蹴り飛ばすように動いた。

だが、そんな攻撃も予想済みだ。普段であったら避けられないか、ギリギリで避けていただろう攻撃も、今なら余裕を持って避けることができる。

そうして避けた態勢で銃を抜き、こちらを覗こうとしていた大狼の顔面へ向けて発砲する。

バンッと大きな音がし、銃弾が大狼の顔面へと飛んでいくが、大狼は少し顔を逸らすだけで銃弾を避けた。

だが、そんな結果はわかっていた。今大事なのは、顔を逸らさせたという事実だ。それが少しだけであったとしても、顔を逸らし、意識も逸らしたことで俺は再び大狼の認識から外れることができた。なので、再び脚の裏筋向かって全力スイング。

そんなことを何度も続けていった。爪を殴り、筋を叩き、たまに膝を狙う。

とにかく敵の後ろに回りこみ、大狼の視界から外れた状態で引っ付いて攻撃する。効くかどうかはわからないが、爪や筋や膝ばかりを攻撃されていればいずれは効果が出るかもしれない。

もっとも、このクラスの奴が相手だと当たり前のように自動回復とか高速治癒とか持ってるから、怪我をさせたところで治されるだけだろうけど。

だがそうだとしても、治癒の分の力を消費させることはできるし、意識を俺に向けさせることはできる。元々勝つことが目的じゃなく、ただの時間稼ぎなんだ。負傷させることができないなんて些細なことだ。

　しかしながら、ずっとそんなことが続くわけもない。一方的に攻撃され続けていれば、当然ながらこのままやっても埒が明かないと理解できるはずだから、何かしらの手を打ってくる。――ああ、ほら。ちょうどその時だ。

　大狼は一旦俺から距離を取ることにしたようで、俺を無視して前方に跳んだ。

　そして距離をとった大狼は俺の方へと振り返り、最初と同じように向かい合うこととなった。

　だがしかし、その態度は最初とは違っていた。

　弱く、自分には傷一つつけることができない雑魚。そのはずなのに、いまだに俺を倒せないことに苛立ちを感じているのだろう。最初は凛々しい顔つきだったはずの大狼だが、今は牙を覗かせて俺のことを睨んでいる。

「こんなダンジョンだ。多分だが、お前のホームは森の中だろ？　こんな場所じゃあ、全力は出せねえよな」

　本来こいつは木を足場にして跳び回るタイプ、あるいは木々に紛れながら攻撃を仕掛けてくるタイプだとみた。でなければ、このダンジョンに森は必要なく、草原だけでよかったはずだからな。

空を飛ぶドラゴンが出てくるダンジョンに森はないし、水の中に生きる敵が出るならダンジョン全体が水浸しになっている。ボスやモンスターと、そいつらが生息しているダンジョンには関係性がある。このダンジョンの構成は森と平原で、森があるということは、それらしい戦い方をするボスだってことだ。

わざわざホームから出てきたのは森に入って来ない俺達を狩るためなんだろうが、慢心が過ぎたな。

「どうしたどうした！　格下にバカにされたままでいいのかよ！」

言葉を理解している以上は挑発が有効で、今のように悔しがっている状況であれば尚更効果が見込める。知能があるということは、何事にも有利に働くというわけでもないのだ。

俺の挑発を受けて接近してきた大狼。その速度は宮野に匹敵するほどの速さで、俺なんかでは反応することなんてできやしない。――普通ならば、だが。

大狼が距離をとった時点で、俺は自身の正面に魔法を使った小細工を仕掛けておいた。

小細工といっても、まあいつもの通りのことしかしていない。つまり、氷の床だ。敵は規格外の化け物だとしても、地面を踏み締めて走るという行動は同じ。なら、その地面を踏み締めることができないのなら、そんなのは転ぶに決まってる。

とはいえ、走っている最中に転んだとしてもその勢いが消えるわけではない。つまり、こちらに突っ込んでくるということだ。

「流石は特級。王者の意地ってか？」

敵もさるもので、氷の床でバランスを崩して転んだにもかかわらず、転んだままこちらに噛み付いてこようと首を伸ばした。

だが、それも予想通りだ。だって、罠を仕掛けたのはこっちだぞ？　その後の動きを予想していないわけがなく、対策をしていないわけもない。

「唐辛子って！　便利だよなあ！　後胡椒もな！」

俺を食おうと迫ってきた大狼の顔面に向かって、唐辛子パウダーと胡椒をぶちまける。

動物型であっても、基本の形から外れたような存在……腕が多かったり頭が多かったり、あとは他の生物が混じってたりすると効かないこともあるが、ただ獣が強くなっただけなら普通に効く。

ぶちまけられた粉を喉と鼻に吸い込んだ大狼は、俺を食べることは叶わず、咳が混じった不様なくしゃみを連発することとなった。

転んでくしゃみをし、立ち上がろうとしてもくしゃみでうまく力が入らないのと氷のせいで立ち上がることが叶わない。

「その目、もらうぞ」

そんな明らかな隙を逃すはずがなく、今の俺に出せる全速力で大狼の右目へと接近する。

今までかかっていた強化の魔法に、さらに自前で強化を重ねて走ったことで体が軋む感覚が襲いかかったが、そんなものは無視して突き進む。

大狼の前へとたどり着くと、走りながら剣身に氷を纏わせて強化した剣を突き出した。

突き出された剣は、少しの抵抗を貫いて大狼の右目を貫いた。

「キャウッ……ゥガアアアアア！」

目を貫かれたことで可愛らしい声が出たが、それは狼として反射的に出た声なのだろう。すぐに怒りを乗せて咆哮を放った。

大狼は叫ぶと同時に身を捩って俺を振り落とし、不格好に暴れながらも体勢を整え、立ち上がる。だが、その時にはもうすでに右目が治り始めていた。

「……死に物狂いになってやっと目を潰したと思ったら、これだ。理不尽すぎやしねえかねえ？」

俺の呟きに反応したのか否かは分からないが、俺が言い終えた瞬間に大狼が姿を消した。

否。姿を消したわけではない。それは奴がそれまでいた場所の地面が大きく凹んでいる事からも理解できる。奴はただ思い切り走っただけ。では、どこにいるのか、どこに走ったのかといったら……

「――っ！」

嫌な予感がした瞬間にその場にしゃがみ、それとほぼ同時に頭上を大きな獣の牙が通過していった。

あんなでかいものが気づかれずに背後に移動できるとか、どう考えてもおかしいだろ！

そんな不満や愚痴を言ってやりたいが、言ったところで何かがどうなるわけでもない。

そんな役に立たないことよりも、やらなければならないことがある。

背後からの奇襲は避けることができた。ではこれで終わりなのかと言ったら、当たり前だがそんなことはない。続く攻撃にどうにかして対処しなければ、簡単に死ぬことになる。

俺の頭上を通過していった大狼へと狙いを定めて剣を構えるが、大狼は再び姿を消した。

消えたと頭で理解する前に体は動き、今度は横に身を投げるように飛び退く。

少し不恰好な避け方にはなったが、その甲斐はあったようだ。背後から襲いかかってきた大狼は、今度は噛み付くのではなく右の爪で切り裂こうとしたようで手を薙いでいた。

そしてまたも俺達の間の距離が開き、睨み合うこととなった。

睨み合い、警戒しながらも俺は考えることがある。今の二度の攻撃、なんとか避けることができたが、気になることがあったのだ。なぜ背後から来たのか、ということ。

こいつなら、正面から突っ込んできてもいいはずだ。何せ、まともな戦いでは俺があいつに傷をつけることなんてできないんだから。奇策を用いたとしても、あの大狼なら用心していれば避けられるだろう。

にもかかわらずあえて二度も連続で背後をとっているのは、先ほどまで後ろから攻撃され続けたことに対する意趣返しだろうか？

だが、背後から来るってことがわかってるんだったら、どうとでもできる。

そして三度大狼の姿が消え、またも背後へと気配を感じた。

しかし、そこには来るだろうと思って氷の床が仕掛けてある。先ほどのように無様にとはいかないだろうが、それでも効果はあるだろう。

そう思い、今度はこちらから攻撃を仕掛けようと、消えたと同時に振り返ろうと動いていた動作のまま後方——大狼の懐に跳びこんだのだが、そこで氷の床は大狼によって踏み砕かれた。足場が凍っていてまともに歩けないのなら、歩けるように砕いてしまえということらしい。

策が壊されたと普通なら思うだろう。策を破ったと普通なら思うだろう。だが、そんなのは想定内だ。何せ、今までも俺はイレギュラーなんて化け物達と戦ってきたんだぞ？その度に同じようなことをしてるんだから、中にはこの大狼みたいに氷を砕いて歩く奴もいたに決まってるだろ。

地面を踏み砕かれた衝撃を感じながら大狼の懐に潜り込み、後ろ足を斬る。

斬られた……いや、殴られたことで反撃をしてきたが、その攻撃を避けて再び剣を振るう。先ほどの繰り返しだ。

だが、その先の結果は分かっているのだろう。大狼はそれ以上無駄に攻撃を仕掛けることなく、何度目になるか分からないが俺から距離をとった。

「もうそろそろいい時間だと思うんだけどな……」

宮野は五分で片をつけると言っていたが、多分もう五分はとっくに経っているはずだ。十分か、もしかしたら二十分は経っているかもしれない。

最初から五分でなんて無理だとは思っていたから想定内といえば想定内なんだが……と考えながら、今の状況を知るために素早く周囲の様子を確認する。

いくら特級の宮野といえど、特級と戦うために余力を残そうと力を抑えた状態では一級相当の敵の群れを片付けるのは手こずるようで、まだ敵を倒し切れてはいない。だが、それでもあらかた片付いたようなので、この分ならあと三分もすれば完全に処理し切ることはできるだろう。

ならあと俺がやることは、時間稼ぎよりも大詰めに向けての準備か。そのために必要なことは……

「――っ！　背後からはっ！　諦めたのかよ！」

と、考え事をしていたのだが、大狼が攻撃を仕掛けてきた。

それまで三度連続で背後からの攻撃を仕掛けてきていた大狼だったが、今回はそうではなかった。ただ単純に、自身の能力を活かして正面からの全速力。

だがそれが一番厄介で、効果的でもある。何せ、背後から攻撃するということは、当たり前だが『敵の後ろに回る』という工程を挟むことになるのだ。普通に突っ込んでくるよりも一テンポ遅れることになる。突然の奇襲なら効果的なのかもしれないが、来ると分かっていればそれだけ余裕をもらえたのと同じだ。

正面からの噛みつきを必死に避け、かと思えば凶悪な爪での薙ぎ払いが迫る。

それすらも避け、逆の手も避け、体ごと回転するように振られた尻尾も避け、わずかな隙を見出して剣を振るうが――避けられた。

避けた勢いのまま大狼は距離を取り、だが今度は睨み合いなんて間を置くことなく再び突っ込んできた。あとはその繰り返しだった。大狼に突っ込まれ、攻撃を避けて反撃をしたら避けられて距離を開けられる。そして再び突っ込んでくる。

大狼の突進が三度目になったところで、ついに避けきれなくなった。大狼も学習したのだろう。俺が避けるタイミングを見計らい、あえて攻撃を遅くしたことで、その攻撃は簡単に俺に当たった。

それでもなんとか剣を盾にして受け身を取り、衝撃を抑えたが、どうしたって動きは止まってしまう。

獲物が動きを止めた。そんな隙をこの大狼が逃すはずがなく、大きな口を開けて襲いかかってきた。

……ああ、これはダメだな。避けきることなんてできない。

必死になって身体強化の魔法を自身に施し跳び退くが、その途中で完全には避けきれないことを悟った。このまま行けば、右腕は喰われることになるだろう。

右腕を喰われるということはそのまま手に持っている剣も喰われるということになるのだが、効果は見込めないだろう。そもそもまともに飲み込むかどうかも怪しい。異物を吐き出す程度の知恵はあるはずだからな。

だから、刃物を持つ腕に噛み付くことを恐れて動きを鈍らせるなんてことはないだろうし、俺の腕が喰われるのはもはや決定事項だ。

――であれば、それを承知で次の手を打つしかない。

追いつかれたから諦める？　腕がなくなったらもう無理だ？　バカ言え。この程度で諦めるようなら、今まで生きてねえよ。

もう自分の右腕は無くなる覚悟で、胃の底が捻じ切れそうな感覚と共になけなしの魔力を使用し、魔法を構築する。

ああ、全身が痛い。体の内側で虫が這いずり回ってるような不快感がする。おそらくは前回の呪いでできた傷が開いたのだろう。だが、気にしない。気にしてる余裕もない。

直後、俺の右腕が喰われた。

「……足じゃなくて腕でよかったな」

右腕が喰われた。その瞬間は意外と痛くはない。だから痛みで動きが鈍ることもなく、覚悟していたので冷静に動くことができた。

右腕が喰われた直後、勢いよく血が溢れ出すが、傷口を氷で覆うことで無理矢理血を止める。これでひとまず保つだろう。

問題なのは、これから片腕だけでこいつの相手をしないといけないということだ。しかも、武器もない。

「はっ——」

普通に考えて絶望的と言える状況に、ついつい笑いがこぼれたが、それと同時に大狼が再び襲いかかってきた。

今度は噛みつきではなく腕での攻撃。だが、その攻撃は先程までよりも遅く感じられた。これは俺が死に直面したことで脳のリミッターが外れた……などではない。それはあの大狼の顔を見れば分かる。

あの顔。あの眼。あいつはもう俺が終わりだと思っているのだろう。

これまで散々手こずらせてくれた雑魚がもう死ぬ。最後くらいは自分の憂さ晴らしのために遊び相手になれ。

まるでそう言っているかのような嗜虐性を感じさせた。

そうして放たれた攻撃を避けて避けて避けて――喰らった。

先程までよりは力が乗っていないと言っても、それでも人間にとっては命の危険を感じるほどの威力がある。そんな攻撃をどうにか受け身を取りつつ受けるが、吹っ飛ばされる。

攻撃を喰らい、無様に吹っ飛んだ俺を狙い、大狼が接近してくる。

だが、その歩みは遅い。そう、〝走り〟ではなく〝歩み〟だ。血まみれで倒れている俺の元に、大狼はゆっくりと歩いて近寄ってきたのだ。きっと、俺が足掻いても無駄だと考えている、あるいは、足掻くことを望んでいるのだろう。自分が楽しむために。だが……

「そこで調子に乗って遊びが入るから、お前は負けるんだよ」

自分自身を鼓舞するように呟いてから、大狼の足元に魔法を発動させる。

出来上がったのは氷の床だ。

大狼はそれをつまらないものとして踏みつけ、踏み砕く。それだけで俺の魔法は無効化され、再び悠々と歩けるようになる。そのはずだった。

踏み砕かれた氷の床の下、そこには硬い地面ではなく、泥沼が広がっていた。俺の魔法は水と土だ。氷を使うことが多いが、泥だって扱うことができる。

そうして作った泥沼は大狼も予想外だったのだろう。あるはずの地面を踏むことができず、体勢を崩すこととなった。

目の前にはこちらを侮っており、体勢を崩し、焦っている獣が一匹。なら、やることは決まってる。

「グレイプニル、起動」

以前宮野達と天智というお嬢様との戦いの時、特級である工藤にも使ったことがある捕縛用の魔法の鎖。それが起動した。

起動した鎖は、籠められた力に従い自動的に動き出し、大狼へと絡みつく。

口を縛られ、手足を縛られ、地面に繋がれる大きな犬っころ。その顔は怒りに満ちており、視線だけで人を殺せそうな眼を俺へと向けてきた。

だが、捕縛したのだからこれで一安心——とはいかない。これは元々対人用。こんな化け物相手じゃ数分と保たないだろう。特に、これだけ怒っていれば一分も保たないかもしれない。だがそれでも、十数秒程度ならいける。

「伊上さん！」

「浩介！」

周りの敵を全て倒し切ったようで、宮野と浅田がこちらにやって来たが、俺の腕を見て驚いた顔をしている。

しかし、今は俺に構うよりも敵を倒す方が先だと理解しているのだろう。

「これでっ！」

宮野は剣に雷を宿して大狼の頭を斬りつける。

その攻撃は、縛られて避けることのできない大狼の顔に狙い違わず当たり、俺が一度貫いた右目を潰した。だが、攻撃はそれで終わりではなかった。

斬られた箇所がバチッと光ると、直後、大狼の頭部へと天から雷が落ちた。

「こっ、のおおおおおおっ！」

そこにだめ押しするかのように浅田が接近し、横腹をぶっ叩いた。

大槌によるその攻撃はどれほどの威力だったのか。浅田は自身の何倍もの大きさがある大狼の体を、何十メートルと吹っ飛ばした。

だが……そう。だが、だ。宮野の攻撃で目をつぶされ、雷の直撃を受け、浅田の大槌で腹を弾けさせて全身から血を流した大狼は、だがそれでも立ち上がった。

そこにあるのは、このダンジョンのボスとしての意地か……。

満身創痍。正しくその言葉が相応しいだろう。だがそれでも、大狼はギラギラと力強い光を宿す左目で俺達を見据え、傷から血をばら撒きながらも走り出した。

走り出したと言っても逃げるためではない。むしろ逆。俺達を殺すための走り。

正面から戦っても無意味だと思ったのか、撹乱するために俺達の周囲を無造作に走り出したのだ。

その速度は速く、強化されている能力を持ってしてもまともに動きを把握することはできないほど。

宮野や浅田には見えているのかもしれないが、浅田は追いつくことができず、宮野も追いつける保証はないのだろう。手を出すのを迷っている。

——ガアアアアアッ!!

「きゃあああっ！」

「うわあああ⁉」

「えっ⁉」

どうすべきか。宮野達が迷っていると、獣が吠える声とともに、後ろにいた一般人達から悲鳴が上がった。

咄嗟に振り返ると、そこには結界に爪をたてている大狼と、少しでも離れようとパニックになりながらも結界の中で逃げ出した一般人の姿があった。

「あっ、あいつっ！」

「一般人を狙っているの⁉」

自分達ではなく後方で守られていただけの一般人へと狙いを変えた大狼を見て、浅田と宮野は焦った様子で走り出した。

だが、ここから奴のいる場所までは距離がある。宮野ならばすぐに辿り着ける距離だし、浅田もほんの十秒もあれば辿り着ける距離だろうが、今は全力で攻撃を仕掛けた後だ。その動きは普段よりも遅かった。

結界の中、一般人達が大狼とは逆の方向へと逃げている中で、二人の人物が大狼の前へと躍り出た。休んでいた安倍と、結界を維持している北原だ。

どうして二人が前に出てきたのかは分からない。冒険者として一般人を守らなくてはと考えたのか、敵から逃げるわけにはいけないと考えたのか、あるいは勇者一行のメンバーとしての意地か……。

いずれにしても二人が前に出てきたという事実は変わらず、大狼は攻撃を仕掛けているという事実も変わらない。だから、その音が聞こえてくるのは当然だったのだろう。

パリンッ！　薄いガラスが砕けたような音を立てて結界が砕け散った。

「嘘っ！」

「結界がっ！」

安倍と北原の二人と、大狼を隔てていた結界が砕け散り、二人はその身を晒すこととなった。

本来ならばそこで逃げるくらいはできただろう。二人は魔法使い型とはいえ、身体強化の魔法を使えば今の大狼から逃げることくらいならできるはずだ。

だがそこで、北原が足をふらつかせた。魔力が底をついたのだ。倒れていないし意識があるのだから、俺が言ったように治癒をかけるくらいの魔力は残っているのだろう。だからその力を結界に回せば、数秒だけかもしれないが耐えることは可能だ。——結界を張るだけの時間があれば、だが。

一応北原なら一瞬で結界を作ることもできる。だが、そうして作った結界は脆く、大狼の一撃を凌ぎきることはできない。

「死んでっ……！」

魔力切れで休んでいたはずの安倍だが、休んでいたことで少しは回復したのだろう。目の前へと炎を放つ。

だがその炎は普段のような威力はなく、大狼の全身を焼くほどの規模もない。言ってしまえば虚仮威しの一撃でしかなかった。

当然、大狼はその炎で死ぬことはなく、炎で焼かれながらも一歩前へと踏み出した。

「晴華！　柚子！」

「く、ううっ！　間に、あって――！」

結界が壊れ二人が危険に晒されたことで動揺し、助けようと急ぐ浅田と宮野。

「あ――」

「こ、のっ……！」

それを狙っていたのだろう。大狼は結界を破ったにもかかわらずその奥にいた安倍と北原の二人も、一般人達も狙うことはなく、隙を晒した宮野と浅田へと突如として狙いを変えて襲い掛かった。

二人はその攻撃に反応しきれず、このままでは喰われることになる。だがそんなこと

……

「やらせるわけねえだろうが」

――キャイン！

今にも宮野達へと喰らい付こうとしていた大狼だが、あと数メートルという距離まで接近したところで情けない悲鳴を上げて飛び跳ねた。それなりの時間俺と戦っていたが、その最中でもこんな声はあげなかった。目を貫かれた時だって、多少は声を出したもののあれほど無様な姿を見せてはいない。

けどまあ、そんなことになるのも当然だろう。何せ、いきなり氷が尻の中へと突っ込まれたんだから。

そりゃあ尻の中にいきなり氷なんて突っ込まれたら驚くよな。三級だろうと特級だろうとイレギュラーだろうと、生物であるのなら反応なんて変わらない。

本当は、こんな追い詰められた状況ではなくても実行することはできたんだ。消費する魔力もほとんどないし、仕込みなんて最初に魔法で攻撃を放った時に終わらせていたんだから。

だから、こんなふうに腕を喰われなくても済む道もあった。喰われる直前に実行していれば今と同じように隙だらけになるだろうからな。

でも、それをやっても意味がないとわかっていたのでやらなかった。

たとえ怯ませたところで、決定打がなければ無駄になる。しかも、一度やれば二度目は通用しない、あるいは効力が落ちる可能性は十分にあり得る。だからこそ、俺はこの奥の手は使わずに戦い続けていたのだ。

そしてその奥の手は、今こそ使うべきだろうと判断し、実行した。

「え……?」

「さっさと仕留めろ!」

突然の大狼の奇行に困惑した様子を見せている宮野達だが、そんな呆けている時間なんてない。身体的にはなんの被害もないんだから、混乱さえなくなればすぐに動き出せるようになるんだから。

「あっ! 瑞樹! 先にやるから!」

「え、ええっ! お願い!」

俺の言葉を受けてハッと気を取り直した宮野と浅田の二人は、それぞれ大狼を倒すべく動き出した。

浅田は大狼へと接近し、懐に飛び込んで思い切り大槌を振り抜き、混乱状態だった大狼を空へと打ち上げる。

浅田とは違い足を止めていた宮野は、剣を右脇に構えて力を溜めていた。徐々に剣身が光りだした。

遥か頭上に飛んでいった大狼が頂点まで到達し、落下軌道に入ったところで宮野は眩く輝く剣を握る手に力を込め、頭上にいる〝的〟へと振り抜いた。

こんな距離がある状態で剣を振り抜いたところで当たるわけがない。事実、宮野の剣そのものは当たらなかった。

だが、そこから放たれた青く輝く斬撃が飛び――空に雷が咲いた。

空高く、轟音と共に四方八方に雷を撒き散らすこれは、一種の花火と言えなくもないな。

雷が咲いた後、落ちてきたのは大狼だった何か。あれだけの攻撃を受けてまだ形が残っているのはさすがだが、全身は炭化しており、いくつかのパーツとなって落ちてきたそれはどう考えても死んでいる。

「これでおしまいだな。後は核を探すだけだが……っと。あいつが核だったのか」

それを証明するかのように、その場に漂っていた魔力の流れが変わったのを感じ取った。

ダンジョンが崩壊する前兆だ。

ボスが核である場合は多いが、今回もそのパターンで良かった。核を探す手間が省けたんだから。後は魔力の流れを辿ってゲートを見つけ、帰るだけ。

「よお、お疲れ」

ボスを倒して戻ってきた宮野と浅田に、声をかけて右腕を上げようとしたのだが、右腕

が上がらなかった。当然の話だ。何せ、今の俺は右腕がないんだから。

「そんなこと言ってる場合じゃないでしょ、このバカ！」

「伊上さん、手が！」

「ああ。でもこの程度の欠損なら、治るはずだ。血も一応止めたしな」

これは元々覚悟していた怪我だ。こういう時のために北原には魔力を残しておいてくれって言ったわけだし、死んでないんだから問題ない。

「治るって……でもそんな怪我……」

「柚子！　柚子――！」

だがそれでも、宮野達には腕がなくなったという光景は落ち着いていられないようで、敵を倒したってのに落ち着くことなくオロオロとしている。

「か、佳奈ちゃん、なあに……っ！　あ。そ、そうだ、伊上さん！　手を……」

浅田に呼ばれたことでふらつきながらやって来た北原だが、俺の手が喰われたのを見ていたのだろう。慌てた様子を見せながらこっちに近づいてきた。

「ああ。北原、悪いがこれ治してくれねえか？　最悪、骨と神経さえ生やしてくれれば、向こうに帰ればどうにかできるから適当でいい」

「は、はい！」

頷いてから魔法の準備をし始めた北原を見て、俺は喰われた腕の傷口に張っつけておいた氷を解除する。その瞬間、傷口からは大量の血が流れ出すが、それは北原の魔法によってすぐに治っていった。

血が流れたことで一瞬フラッとしたし、まだ少し視界が赤と青が強い気がするが、単純に血が足りないんだろうな。だが、言ってしまえばそれだけだ。他に大きな問題はない。

適当でいいって言ったのにしっかり治ってるしな。

宮野達も、どんどん生え治っていく腕を見て、ほっと息をついている。

……治してもらって言うことじゃないけど、無くなった部位がニョロニョロ生えてくるって見た目的にキモいよな。いやありがたいことであるのは間違いないんだけども。

「しかしまあ、これでなんとかなったか。まじで死ぬかと思った」

いつものことだが、イレギュラーに遭遇すると毎回死にかけてる気がする。

まあ俺は三級だから仕方ない面もあるし、死にかけるからこそイレギュラーだなんて呼ばれる存在なんだと言えなくもないが。

「コースケ」

「ん？　ああ、安倍か。お前もお疲れさんだったな。最初のアレがなけりゃあ、もっと梃子摺ってただろうよ」

「ん。結構頑張った」

安倍は自慢げに胸を張っているが、まだ魔力が足りないのだろう。疲れた様子を見せている。

実際、あの攻撃はすごかった。ニーナほどではないが、それでも特級の奴らが使う魔法と比べても遜色がないほどの威力、範囲の大規模な魔法。アレがなければこれほど早く終わることはなかっただろうし、俺だってこうして喋る余裕なんてないくらいに疲れ果てていただろう。

「それより、魔力の流れが変わった」

と、ほんのりと浮かべていた笑みから一転して真剣な表情で告げてきた。

俺はこの場に流れる魔力を感じ取ることができる程度だが、安倍にははっきりと見ることができているのだろう。

「ああ、みたいだな。……見えるか？」

「多分。あっち」

「進行方向的には合ってたわけか」

安倍の示した方角は、それまで俺達が進んでいた方角と同じだった。どうやら、強敵に遭遇するという不幸こそあったが、当初の考え自体は間違いではなかったようだ。なら、このまま進んでいればゲートもすぐに見つかるだろう。

「叔父さん！」

今回の事態に収拾の目処がついたことで一息ついていると、全身に傷を作り、体を赤く染めた咲月が駆け寄ってきた。

「あー、咲月か。お前も生きてるみたいだな。よかった。その血は敵のだよな?」

「生きてるみたいだ、ってこっちのセリフなんだけど!?　腕食べられちゃったじゃん！」

咲月の動きからして大きな怪我はなさそうだとは分かっていた。それでも確認のために聞いてみたのだが、無視されてしまった。まあ、無視されたってよりも、それだけ俺のことを心配してくれたのだろうけど。

「でも生えたんだから大丈夫だろ」

北原の魔法のおかげで生えてきた右腕をひらひらと振りながら笑いかけるが、やっぱりまだ感覚がズレてるな。動きはするし感覚もあるが、思った動作と少し誤差がある。でもまあ、しばらくすれば慣れるだろ。

「大丈夫じゃないし！　心配したんだよ!?　死んじゃうかと思ったじゃん！」

「でも生きてるから大丈夫だろ」

「大丈夫じゃないって言ってんじゃん！　もー！」

疲れていることもあり、あまり頭が働かずおざなりな返事となってしまった。咲月はそのいい加減な俺の言葉に憤慨しているが、問題が解決したことでそれすらも笑って見ていられる。

だが、いつまでも笑っているわけにはいかない。咲月に話すことがあるのだ。今じゃなくて後で落ち着いてからでもいいじゃないかと思うかもしれないが、今だからこそ言わなくてはならないことなのだ。

「でも、咲月。覚えておけ。冒険者をやるってことは今回みたいなことに遭遇することもあるってことで、自分が、あるいは自分に近しい誰かが死ぬこともあるってことだ。今回みたいにうまくいくことがずっと続くなんて、間違っても思うなよ。頑張ったところで、変わらない結果ってのはあるもんだ」

前回は安全を確保した上でのダンジョン〝観光〟だった。だから本当の意味での怖さを教えることはできなかった。

だが、今回は違う。狙ってここにやってきたわけではなく、完全な事故。本気で死にかけたし、実際に人死にが出ている。だからこそ、今ならばダンジョンの危険さというものをより深く……それこそ『自分の体験』として理解してくれることだろう。

「一番死にかけて、一番頑張った叔父さんが言う事でもない気がする……」

「一番死にかけたからこそ言ってんだよ。頑張ったところで死ぬ時は死ぬんだからな」

そう。今回は勝つことができたが、死ぬ時は死ぬものだ。俺の場合は、まあ運に恵まれたこともあってたまたま生き残ってこれただけ。それを勘違いすると、今度こそ本当に死ぬことになる。

「まあいい。後もう少し休んだら、ゲートを――」

「な、なんで勝てるんだよ……」

ゲートを探しに行こう。そう言おうとした途中で、何者かから声がかけられた。

声のした方向へ振り向くと、そこには一般人に紛れて逃げ出したはずの戸塚が、唖然とした表情でこちらに手を伸ばしながら見つめていた。

「おかしいだろ。なんで……なんであんな化け物に、お前みたいな三級がっ！　僕はっ……僕は逃げ……退くしか無かったのにっ……！」

どうやら、自分は逃げるしか無かったのに俺達が勝てたことが驚きのようだ。……いや、俺達が、というよりも、俺が戦えていたことが、か？　わざわざ三級って言ってるくらいだし。

だが、ここにきてもまだ『逃げる』と言わないあたり、やっぱりプライドの塊だな。馬鹿らしい。

しかしまあ、なんであんな化け物と、か。俺一人で勝つことはできなかったが、それでもまともに戦えただけでも驚愕すべきことだろう。

その理由として経験とか知識とか装備とか、まあ色々と挙げることはあるんだが、そうだな。一言でまとめるんだとしたら……

「意地だ」

それが一番重要な要素だろうな。

「い、意地？　そんな……そんなものであの化け物に勝てるだと？　ふざけるなよ！　そんなくだらないもので勝てるわけがないだろ。心構えがちゃんとしていればどんな敵でも倒せるとでもいうのか!?　気の持ちようで強くなれるとでも言うのか!!」

「何勘違いしてんだ、阿呆。心構えの話なんてしてねえよ。どれだけ立派な考えをして、気をつけていようと、化け物どもを倒せるわけがないだろうが。気の持ちようで強くなれるんだったら、今頃この世界にゃあ特級が溢れてるだろうよ」

「な、なら、どうしてだ……どうして……なにが……」

意地と心構えは全くの別物だし、気の持ちようで強くなるなんてことがあるわけない。

どれほど頑張ろうと思ったところで、どれほど自信に溢れていたところで、どれほど自分や仲間を鼓舞したところで、どれほど強く願ったところで——結果なんて変わらない。

諦めなければ勝てるんだ、なんてのは夢物語だ。

「死にたくなかった。死なせたくなかった。死んでたまるか、死なせてたまるか。お前達みたいなクソッタレにまた奪われてたまるか」

それでも。意味がないと、無駄だと分かっていても、それでも俺は死にたく無かった。だから努力した。

意地とは、覚悟だ。この道を曲げることも逃げることもしない。ただひたすらにその願いを突き進むという覚悟こそが意地だ。

死んでたまるかという願い。死なないために全てをかける覚悟。それを貫くことが俺の意地。

「っ！」

なにがそれほど恐ろしかったのか。戸塚は怯んだようにビクリと体を跳ねさせると、数歩後退りした。

戸塚の反応を訝しみながらも、無視して話を続ける。

「俺が考えてるのはそれだけだ。そのためにできることをやってきた。自身の能力にあぐらをかいてアイドルなんて〝遊び〟を混ぜたお前と違ってな」

「ぼ、僕は……僕は遊んでなんていない……。僕だって『勇者』として努力をしてきたんだ！」

戸塚は俺の言葉に一瞬目を逸らし言葉に詰まってから、改めて俺のことを睨みつけて叫んだ。

だが、その言葉に力はこもっておらず、虚勢で叫んだだけだということが容易に分かる。

「そうかよ。じゃあ聞くが、お前自身が生き残るために、最善を尽くしてきたか？　魔物の生態は学んだか？　自分に用意できる最高の装備を用意したか？　自分の能力で出来ることを限界まで調べたか？　限界を引き上げようと気絶するまで訓練をしたか？　プライドも信念も過去の栄光も全部捨てて、ただ生きることに必死になることはできたか？　なあ、どうなんだ？」

「そ、んなの……」

言えないだろうな。何せ、こいつはそんな努力なんてしてこなかったから。それに今回だって、俺に対抗するためなのかは知らないが、自分ならできると高をくくって危険な森の中へと入っていった。

努力をせずプライドを捨てることもできず、そんなので生き残れるわけがない。

「お前の言う『勇者の在り方』ってのは完全な間違いだとは思わねえさ。象徴も、確かに必要だろうな。だが、それは〝勝ってこそ〟だ。敵に勝つことができない『勇者』なんて、ただの道化と変わらねえよ」

がくりと項垂れた戸塚は、それ以上なにも言うことはなかった。

「……」

「……そろそろ行くか」

万全とは言えないが呼吸も落ち着いたし、歩くことくらいはできる。これ以上ここに留まっていてもまた騒ぎが起きないとも限らないし、そもそもゲートまでどれだけ距離があるのかもわからないんだ。崩壊するまでの時間もわからないし、できるだけ早く出発して早く脱出したほうがいいだろう。

「聞け！　ダンジョンの核を破壊したことで、ゲートの位置が分かるようになった！　もう敵は出てこない。ゲートを目指して進むぞ！　俺達は帰れるんだ！」

みんな、敵を倒して状況が落ち着いたことで、自分達は生き残ったのだ、これで帰れるのだと理解していたことだろう。

だが、明確にそう告げられることで間違い無いんだと確信を持つことができたようだ。

俺が告げてから一拍置いてから、ワアッと歓喜の声が響いた。

エピローグ　勇者チームの教導官

「君、この間退院したばかりじゃなかったっけ？」

病院の一室で、昨日会ったばかりの佐伯さんが呆れた様子で話しかけてきた。

「俺もそんな気がするんですけどね」

ほんと、ついこの間退院したはずなのに、なんだってまたこんな病院のベッドの上なんているんだろうな？　なんだかこの部屋も見覚えあるし、もう俺専用とかになっていても驚かないぞ。……いや、実際そうなってたら驚くし、縁起でも無いからやめて欲しいけど、冗談とも言い難いんだよな。

「まあ、今回は前回よりもだいぶマシみたいだから、一週間もあれば完治するようだし、それが救いと言えば救いかな」

佐伯さんの言ったように、今回は前回のように呪いは残っておらず、あるのは外傷と呪いで負った傷の再発だけ。それだってもう治っているので、入院しているのは内臓と腕の状態確認のため。それから、また退院して無茶をし、怪我を悪化させないようにするためらしい。

要は監視のためだ。怪我するようなことをするんじゃねえぞ、と。言われなくてもそんなことしない。今回は運が悪かっただけだ。

しかしまあ、そういう事情なので、入院自体は長いが、それが終われば万全の状態になる。

「できることなら怪我しない救いがほしかったところですね」

「それは僕としても同感だよ。君が怪我をしたって聞いて、君の娘が大変お冠だ」

冗談めかして言っているが、その表情には疲れが滲んでいる。だが当然だろうな。ニーナのことだ。俺が怪我をしたとなれば、ここまで来ようとしただろう。それを『迷惑になるかもしれないから先に電話をしてはどうだ』と宥めすかしたらしいが、お疲れ様だとしか言いようがない。

ただ、こっちに来ようとしたのは俺だけが理由では無かったようで、咲月のことも気にしてのことだったらしい。出会ってから一日しか経っていないのに、やけに気に入ったものだ。でも、それほどニーナにとって妹……家族というのは特別なのかもしれない。

「知ってます。電話で何時間も話しましたから」

「そうだったね。ただまあ、今回のはこちら、というか国側の手落ちでゲートの発生を見逃したということで、治療費は全額国が出すことになるよ。他の者の見舞金もね」

「……結局、何人が死んだんですか？」

「五十六人だ。まあ、状況から考えれば少ないと言ってもいい数だろうね」

「そうですね」

全滅しなかっただけマシ。そう捉える事もできるだろう。実際、今回の件に関しては全滅していてもおかしく無い状況だった。だから、百人もの人間を助けられたのは素晴らしいことだ。

だが、助けられた者達の陰で、五十六人もの人が死んだのも事実だ。

「……ああそうだ。それから、宮野君達に関してだけど聞いてるかな？」

俺の暗い思考を感じ取ったのだろう。佐伯さんは普段と変わらない調子で話を振ってきた。

「宮野達？　いえ、そもそもまだ会ってないんで何も」

ゲートから戻ってきた後は色々と話を聞かれたり病院に連れてこられたりして、ろくに話す時間もなかった。というか、ここに来てから医者以外で初めて会話したのが佐伯さんだ。

「ああ、そうなのかい？　なら知らなくても当然か」

佐伯さんは納得したように頷いてから話し始めた。

「結果だけ言うと、とっても有名人になった、ということだよ」

「有名人？　まああいつは勇者ですし、今回の件でそれなりに人を助けたわけですから、そこから有名になるってのはおかしくないもんでしょうね」

「ああ、うん。今回の件で有名になったっていうのは間違いじゃないよ。ただ、その状況が良かったというか悪かったというかね？」

そういった佐伯さんの表情は、笑いを堪えるように口元を歪めている。

何がそんなに面白いのかわからないが……なんだか嫌な予感がするのは気のせいだろうか？

「今回、あの捕食型のゲートの中には勇者が二人いたわけだ。『天雷』と『氷剣』の二人が。だが、その二人が協力するのではなく、対立しながらダンジョンを攻略した、というのが原因だね。『氷剣』は味方を守ると口にしておきながら味方を全滅させていたにもかかわらず、『天雷』は真面目に向き合ってみんなを守った、と。彼女は本物の『勇者』だ、とね」

まあ、それはそうなるだろうな。『勇者』が一人しかいないんだったらその結果だけで語られるが、『勇者』が二人と、比べる相手がいる状況ならその相手の結果と比べて語られることになる。簡単に言えば、『失敗した勇者』と『成功した勇者』となる。そうなれば、その成功した方はどうあっても目立つに決まってる。

だが佐伯さんの話はそれで終わりではなく、一層笑みを深めて続きを話した。

「それから、君の評価も上がってるよ。彼の活躍があったからこそみんな無事だった。流石は勇者の師匠だ、ってね」

……………え？　……は？　……なんだそれ？

突然の予想外の言葉に、俺は一瞬思考が止まってしまった。だってそうだろう？　特級である勇者の師匠が三級だなんて、『上』の思惑はどうあれ一般の者達には認められるわけがない。俺だって逆の立場なら何やってんだと思う。

「は？　なんですか、それは。俺は三級ですよ。普通はあの場で三級が頑張ったと言われても、それはただ〝頑張った〟という範疇に収まるでしょう？　三級も頑張ったかもしれないが、勇者が活躍したからこそ出てこられたはずだ、と考えるものでは？」

「残念ながら、今のご時世誰でも簡単に動画を撮ることができるんだよ。わかってるだろう？」

「……あの時、ビデオを回してた奴がいたってことですか」

何かあったら対処する前に動画を撮る奴らがいるのは理解しているが、あんな命のかかった状況でもやるバカがいたのか。

まあ、命がかかってるって言っても結界の中にいたし、戦う事もないんだから直接的な危機を感じるわけでも無かったのかもしれないけど、それにしても……はあ。

「ああ。もちろんこっちとしても『氷剣』の振る舞いは世間に見せることはできないから、データは一旦接収させてもらったけどね。世間が知っているのは、『氷剣の勇者』は失敗したという事実だけ。合流した後の失態を映したデータは検閲した上で編集して返却してるし、帰還した者達の頭の中も少しばかり弄らせてもらってる。けど、それだって完璧ではない。データが編集されたものだと気づく者もいるかもしれないし、今回みたいな強い記憶だとふとした拍子に思い出すこともあり得るからね。その場合も考えて、一応誰かに伝えることをするなとは言い含めてはあるけど……どこまで守られることやら。人の口に戸は立てられない。『ここだけの話』なんてみんな好きだろう？」

「当の『氷剣』本人はどうしてるんですか？」

「謹慎中だね。詳しくは未定だけど……何か決まったら知らせようか？」

「いえ、いいです。それほど興味があるってわけでも無いんで」

もうあいつに関わりたいとは思わないし、今後あいつがどうなるかとか聞いたところで意味なんてない。

「そうかい。ならこの話はこれまでだね。——というわけで、まあ僕からの話は大体終わったわけだけど、君から何かあるかな？」

何か、か……つっても、ダンジョンの処理は終わってるし、それに関するあれこれの書類や手続きは佐伯さん達がやってくれるだろう。犠牲者達のことも知れたし……っと、あ

あそうだ。

「宮野達は問題ないんですか？　社会的なあれこれじゃなく、肉体的に」

ボスを倒してからゲートを出るまでの間様子を見た感じでは、少しふらついていたものの特に問題らしい問題は見られなかった。だがそれでも、何か見えないところで怪我をしていたかも知れないし、毒とか病気とか呪いとか、そういったものにかかっていた可能性も否定しきれない。

と心配したのだが、佐伯さんが首を振って答えたことでその心配は解消された。

「そこは問題ないみたいだよ。一応検査入院してるけど、二、三日で退院できるそうだ。むしろ、一番問題があるのが君だね。他にも冒険者達はいたけど、君が一番ヤバかったそうだよ？」

まあ、今回呑まれた者達の中で一番大きな怪我をしたのは俺だったからな。他にも怪我をした者達はいたが、腕を切られるとか腹を貫かれる程度の怪我だった。

「まあ、精神的に問題がある学生達もいたけど、それも次第に落ち着くだろうね」

学生……多分だが、一年生か？　確かに、いきなりあんな場所に放り込まれて、それまで行動を共にしていた者達が死んだとなれば多少なりとも思うところはあるだろうし、なんの経験も覚悟もなくあんな殺し合いが目の前で繰り広げられたら、トラウマになってもおかしくないだろう。

とはいえ、こう言ってはなんだが、その程度の被害で済んで良かった。死んでいないのだ。冒険者を続けることができないとしても、生きているのだからどうとでもなる。

「さて、僕はそろそろ行くけど……君はこれを機にしっかり休みな。どうせすぐ動くような用事もないだろう？　また何かあったら暇潰しがてら報せに来るよ」

「わかりました。まあ、何もない方がありがたいですから、ここでは会わないことを願いますが」

「はは、違いない。それじゃあね、『勇者チームの教導官』君」

佐伯さんはそう言って立ち上がると、椅子を端に戻してから去っていった。

「……わざわざそんな呼び方しなくていいってのに」

しかしまあ、ゆっくり休めか……。そうだな。ここ最近忙しかったし、休むか。

ああでも、その前に咲月には電話しておこう。あと……気は乗らないけど葉月にもか。どうせ怒られるし文句も言われるんだろうけど、電話しないわけにもいかないからなあ……はあ。

「よお。お前ら。調子はどうだ？」

咲月達への電話を終えた後、ちょうどいいと宮野の病室へと向かったのだが、どうやらこいつらは四人で一部屋使ってるらしい。金はあるんだから個室でもいいだろうに。いや、こんな状況だとチームメンバーでいた方が落ち着くか。

「え、あ……伊上さん！　ご無事でしたか！」

事前になんの連絡もなくやってきた俺のことを見て、宮野がガッと椅子から音を立たせながら立ち上がった。

「ご無事って、一緒に出てきただろ」

大袈裟なくらい驚いている宮野に苦笑しつつ、近くにあった椅子を動かして腰をかける。

それから改めて宮野達四人へと視線を向け、その状態を確認するが、どうやら見た感じでは問題なさそうだ。

しかしまあ、こいつらの入院着姿って珍しいな。珍しいも何も、入院なんてそうそうするものじゃないし、こいつらに至っては初めてなんだから初めて見るのは当然か。

　でも、入院着ってぶっちゃけパジャマと変わんねえよな。やっぱいきなり来るのはやめておいたほうがよかったか？

「それはそうなんですけど……」

「でもやっぱあんたが一番大怪我したわけだし、心配するじゃん」

「まあ、もう怪我は治ってるから心配しなくて平気だぞ。んで、お前らの方はどうなんだ？」

　浅田の言葉に軽く手を振りながら答える。まだ完全に治ったわけでもないが、どうせ一週間後には治ってるんだ。無駄に心配させる必要もないだろう。

「平気。私と柚子は魔力の使いすぎだった。瑞樹もちょっと使いすぎ。佳奈は……元気爆発？」

　安倍は自身と他の三人の状態について答えていったが、最後の浅田の部分だけ迷った様子を見せ、首を傾げながら口にした。

「ちょっと、なんであたしだけそんな評価なわけ？　あたしもめっちゃ疲れたんだけど！」

「逆に言えば疲れただけ？」

　確かに、あれだけの状況で『めっちゃ疲れた』なんて、疲れただけかよ、ってなるな。

「う……ま、まあ。でもほら、いっぱい怪我とかもしてたじゃん！」

「かすり傷。簡単な治癒で全部治ってる」

「なんにしても、後遺症だなんだってないんだったら良かったな」

怪我があったとしても、もう治ってるんなら問題ないし、想定外の事態だったが大怪我をしなくて良かった。

「だから、それを言ったらこっちのセリフなんだけど？」

浅田はジトッとした目でこっちを見つめながら呟いているが、無視だ。

あんな状況で三級如きが生きてられたんだから、どんな大怪我も怪我のうちに入らねえだろ。

「あ、そうです。伊上さん、腕はどうなんですか？　柚子が治しましたけど、検査とかしたんですよね？」

「ああまあな。っと、北原。腕、ありがとな」

「い、いえ。その、大丈夫ですか？　何か問題とかは、その……」

「大丈夫だ。感覚も元通りだし、検査でも問題ないみたいだ」

「そ、そうでしたか。よかった……」

問題ないと右腕を前に出して握ったり閉じたりと軽く動かして見せると、問題ないことを理解したようで北原はほっと息を吐いた。

「にしても、お前らも災難だよな。文化祭なんて日に巻き込まれるなんて」

こいつらにしてみればせっかく準備から頑張った上、ドレスなんておめかしまでした学生イベントなのに、こんな事態になるなんて災難だったとしか言いようがない。

「そうですね。ですが、こればかりは仕方ないですよ」

「そうそう。突発性のゲートなんて前にも遭遇したことがあるけど、いつどこで～、なんてわかんないんだし」

だが、イベントにケチがついたにもかかわらず、宮野と浅田は笑っている。

ただそれでも、やはり残念そうな雰囲気は感じられる。まあ、当然か。せっかくの祭りを最後でぶち壊されたんだから。それが事故や自然現象だとしても、すぐに割り切れるかっていうと難しいだろう。

「文化祭なら、来年また楽しめばいい」

だがそこで、安倍がなんでもないことかのようにそう口にしたことで、宮野達の雰囲気が変わった。

そして、一拍置いてから顔を見合わせ、笑みを浮かべて頷いた。

「あっ、そっか！　来年がまだあるっけ」

「来年は三年生だから、普通の学校だとそんなに凝った事はできないし楽しむ事もできないかもしれないけれど、幸いうちの学校は五月だから、卒業後の進路対策をするにしてもまだ余裕があるものね」

「今度は、もっと店を頑張る」

「うん。今回は、半日だけだったもんね……」

「流石に来年には伊上さんも怪我が治っているんだもの。半日と言わず、もっとお店を大きくやってもいいかもしれないわね」

「まー、その時にまたこいつが怪我してない保証はないけどね」

「おい、やめろよ。そんな不吉なことを言うんじゃねえよ」

浅田はなんだか不吉なことを言っているが、まじでやめてほしい。そんな不吉なことを口にしていると、それが力となって災いを呼ぶこともあり得る。何せ呪いがあるくらいだからな。完全にないとは言い切れない。

「それに、俺だってそんなしょっちゅう怪我してるわけじゃない……はずだ」

俺だって、そんなにいつも怪我してるわけじゃない。今回みたいなイレギュラーが出たのがいけないんだ。普通のダンジョンなら普通に怪我をせずに終わらせている。

イレギュラーとの遭遇やその戦いの結果ばかりに目がいくけど、冒険者の活動中の怪我自体はそんなにないはずだ。

「なーに言ってんのよ。そんなことないっしょ。入院してばっかじゃん、あんた」

「この前も入院してましたし、その数ヶ月前も入院してましたよね？」

「あの時は数日だけだったろ」

「入院したこと自体は変わんない」

「あ、あはは……で、でも、今回はそんなに長くないんですよね？」

「ああ。一週間もあれば完全に治るそうだ。実際にはもっと早く治るだろうけど」

一週間と聞いているが、それはあくまでも経過観察のためだ。今の時点で苦しさもないし、まともに歩けてる。呪いだってもう除去されてるんだからこれから悪化することもないだろう。

まあ、俺は医者じゃないから医者の指示には従うけどさ。

「へえー。じゃあまあいっか。だから、これからもよろしくね」

「何がどうなって〝だから〟に繋がったのか分からないんだが？」

それに怪我はある。まあ、こいつが言ってる怪我ってのは後遺症についてなんだろうけど……ん？　もしかして、俺はここで後遺症の一つでもあった方がチームを抜けられて良かったんじゃないか？

「まあまあ、どうせ辞められないんだから、楽しんだ方がいいじゃん。ね？」

「それに、今だと伊上さんは私達の教導官として相応しいって広まってますし」

「嬉しくねえ」

説得のつもりなのかご機嫌取りのつもりなのか、宮野が笑みを浮かべながら話しかけてきたが、嬉しくねえ。

「特級が負けた化け物に勝つなんて、むしろコースケしか相応しくない。って声もあるっぽい」

「マジで嬉しくねえ」

宮野に続き安倍が追加の情報をくれたが、いらねえ。俺はさっさと冒険者なんて辞めたいのに、なんだってそんな余計な事を言う奴らがいるんだよっ……！

「これからもよろしくお願いしますね、伊上さん」

笑みを浮かべた宮野が手を差し出してきたが、俺はこの手を取らないといけないのだろうか？　できることならお断りしたい。

だが、期待で溢れた目でまっすぐ見つめてくる宮野を無視することができず、俺はため息を吐いてから握り返すしかなかった。

To Be Continued……？

あとがき

本書を手に取っていただいた皆様、ありがとうございます。

本作も、今回で四巻となりました。これもひとえに『最低ランクの冒険者、勇者少女を育てる』を読んでくださっている皆様のおかげです。

さて、今回の四巻ですが、この巻は今までとは違い、百パーセント書き下ろしとなっています。

今まではｗｅｂ版として掲載していたものを手直ししたものだったのですが、今回は全く新しい話を書き上げることとなりました。

これまでの三巻も、それはそれで大変なこともありましたが、書き下ろしで作り上げた四巻も大変でした。

ただ、どちらが大変なのかというと一概には言えません。

書き下ろしも大変ではあるけど、元々ある文章を気にすることなく自由に書くことができるので、これはこれでやりやすいものです。個人的には新しく書いた方が楽でしょうか？　もっとも、その場合一から書かなければならない分時間がかかりますし、確認や調整をしなければならないこともあったので、面倒でもありましたが。

そんな完全書き下ろしとなった今回の第四巻ですが、いかがだったでしょうか？　今回は伊上の教導官としての凄さを出すことができればな、と思って書きました。

今巻では宮野の他に新たな勇者が出てきましたが、正直言うと彼はもっと強くてかっこいい予定でした。それがどうしてあんな三下ムーヴをかますことになったのかというと、かっこよすぎたからですね。

一度かっこいい勇者として話を考えてみて、これではあまりにも勇者しすぎていて伊上との対比に使えないとなりました。

かっこいい勇者との競い合いでも伊上の凄さがわかるのでそちらでも良いといえば良いのですが、個人的には正反対の二人で対比した方が凄さや教導官としての資質、能力がわかりやすいと思ったので、新しい勇者はあんな残念な感じになってしまいました。実際のスペックだけならそれなりに強いはずなんですけどね。まあ、主人公である伊上が活躍することができたので、必要な犠牲だったと言いますか、良しとしておきましょう。

あとは、宣伝を一つさせてください。予定通りに進んでいれば漫画版の『最低ランクの冒険者、勇者少女を育てる』が連載開始しているはずですが、そちらは読んでいただけたでしょうか？

私は物語を作る際、ストーリーは考えても、それ以外の背景や環境や服装などの細かい部分を考えずに話を進めるタイプなので、ちゃんとした風景がついて進んでいく漫画版は私から見ても楽しめるものになっています。こいつこんな顔してたのか、と驚くこともありました。

小説版とはまた違った雰囲気で楽しむことができるので、皆様にも楽しんでいただける事でしょう。

最後に、本書に関わった全ての方に感謝申し上げます。ありがとうございました。

イラストレーターの桑島黎音さんは、毎度素晴らしい絵を描きあげてくださり、ありがとうございました。

今回の話では学生の四人はドレス姿となっているのですが、正直言ってドレスといってもどんなものを着ているのかは全く考えていませんでした。なので、「お任せします」と完全にぶん投げていたのですが、素晴らしい絵を描いてくださって感謝しかありません。

今回もまた校正さんには頑張っていただきました。今回は結構誤字脱字や矛盾などを減らしたつもりだったのですが、全然減ってなかったですね。むしろ前回、前々回よりも指摘が増えてる気がしなくもないような……？　大変な作業だったかと思いますが、ありがとうございました。

担当の編集さんには、完全書き下ろしということで指摘やアドバイスをいただき、より良い作品にすることができました。

そして、それ以外にも本書に関わったすべての皆様に感謝申し上げます。

最後に、本書を手に取っていただいた皆様に最大級の感謝を申し上げます。

本書を最後まで読んでいただき、誠にありがとうございました。

それでは、いつかまたどこかで出会えることを願って、締めとさせていただきます。

最低ランクの冒険者、勇者少女を育てる 4
～俺って数合わせのおっさんじゃなかったか？～

2023年6月1日　初版発行

著者――農民ヤズー

発行者―松下大介
発行所―株式会社ホビージャパン

〒151-0053
東京都渋谷区代々木2－15－8
電話　03(5304)7604（編集）
　　　03(5304)9112（営業）

印刷所――大日本印刷株式会社

装丁――小沼早苗（Gibbon）／株式会社エストール

Printed in Japan

ISBN978-4-7986-3196-7　C0193

ファンレター、作品のご感想お待ちしております

〒151－0053　東京都渋谷区代々木2－15－8
(株)ホビージャパン HJ文庫編集部 気付
農民ヤズー 先生／桑島黎音 先生

アンケートはWeb上にて受け付けております

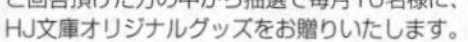

- 一部対応していない端末があります。
- サイトへのアクセスにかかる通信費はご負担ください。
- 中学生以下の方は、保護者の了承を得てからご回答ください。
- ご回答頂けた方の中から抽選で毎月10名様に、HJ文庫オリジナルグッズをお贈りいたします。

毒の王 1
最強の力に覚醒した俺は美姫たちを従え、発情ハーレムの主となる

著者／レオナールD
イラスト／をん

毒の王に覚醒した少年が紡ぐ淫靡な最強英雄譚！

生まれながらに全身を紫のアザで覆われた『呪い子』の少年カイム。彼は実の父や妹からも憎まれ迫害される日々を過ごしていたが――やがて自分の呪いの原因が身の内に巣食う『毒の女王』だと知る。そこでカイムは呪いを克服し、全ての毒を支配する最強の存在『毒の王』へと覚醒する!!

第三皇女の万能執事 1
世界一可愛い主を守れるのは俺だけです

著者／安居院 晃
イラスト／ゆさの

毒舌万能執事×ぽんこつ最強皇女の溺愛ラブコメ！

天才魔法師ロートの仕事は世界一可愛い皇女クレルの護衛執事。チョロくて可愛い彼女を日々愛でるロートの下に、ある日一風変わった依頼が舞い込む。それはやがて二人の、そして国の運命を揺るがす事態になり——チョロかわ最強皇女様×毒舌万能執事の最愛主従譚、開幕

不敗の名将バルカの完璧国家攻略チャート 1

惚れた女のためならばどんな弱小国でも勝利させてやる

著者/高橋祐一

イラスト/つなかわ

天才将軍は戦場全てを見通し勝利する!

滅亡の危機を迎えていた小国カルケドは、しかし、天才将軍バルカの登場で息を吹き返す!!　圧倒的戦力差があろうとも、内乱に絶望する状況だろうとも、まるで全て知っているかのようにバルカは勝ち続けていく。幼馴染みの王女シビーユと共に、不敗の名将バルカの快進撃がここに始まる!!